神探华良

陈东枪枪 著

伍

妖红

南方出版传媒
花城出版社
中国·广州

图书在版编目（CIP）数据

神探华良. 5，妖红 / 陈东枪枪著. -- 广州：花城出版社，2021.7
　ISBN 978-7-5360-9278-5

Ⅰ. ①神… Ⅱ. ①陈… Ⅲ. ①侦探小说－中国－当代 Ⅳ. ①I247.5

中国版本图书馆CIP数据核字(2021)第125277号

出版人：肖延兵
总策划：海　飞
项目执行：汪　黎
策划编辑：程士庆
责任编辑：曹玛丽　周思仪
文　　字：王喜鹏　汪　黎　陈如松　汤　玲
技术编辑：薛伟民　凌春梅
装帧设计：今亮后声·小九

书　　名	神探华良. 5，妖红 SHENTAN HUALIANG. 5，YAOHONG
出版发行	花城出版社 （广州市环市东路水荫路11号）
经　　销	全国新华书店
印　　刷	佛山市浩文彩色印刷有限公司 （广东省佛山市南海区狮山科技工业园A区）
开　　本	880毫米×1230毫米　32开
印　　张	7.375　1插页
字　　数	145,000字
版　　次	2021年7月第1版　2021年7月第1次印刷
定　　价	45.00元

如发现印装质量问题，请直接与印刷厂联系调换。
购书热线：020-37604658　37602954
花城出版社网站：http://www.fcph.com.cn

我们总是看到彼岸有花,却没想到我们同样身处着别人的彼岸。

目录

娃 娃
·1·

妖 红
·111·

娃 娃

楔　子

  一只黑鸟从妙山顶上的巨树盘旋而下，掠过一丘丘黑色坟冢后，陡然升回高空。在它的眼中，行走于两座山峦之间的人群像爬行在蛋糕纸褶皱间的蚂蚁。人们正在赶庙会，举着纸扎的牛鬼蛇神，笼罩在焚香的雾气里。

  黑鸟再次下落，擦过抖动在人群头顶的鲜艳狰狞的面孔，又掠过几座低矮的房屋，最终落到了一道二层别墅的高墙上。那是山间唯一的一栋别墅，在陈旧的光景里，豪华得有些突兀。半分钟以后，别墅的女管家程芳走进了它阴森的视野。

  程芳走在狭长的走廊，脚下的木地板发出嘎吱嘎吱的声音。如意有些咳嗽，她想去厨房给她煮碗冰糖雪梨。或许是没有孩子的缘故，程芳对丈夫这个远房外甥女的疼爱超过了一般的舅妈。但只有在赶庙会的时候，张清泉和吴素文才会带如意回别墅小住几日。

  此刻，张清泉一家正和族人与朋友在客厅里把酒言欢，门窗都关着，所以他们的声音听起来很遥远，很不真切。

黑鸟忽然扑腾翅膀飞走的声音倒是很清楚，把程芳吓了一跳。以至于走进厨房之后，她还心有余悸。

程芳把切好的梨和冰糖、清水倒进砂锅，端上煤油炉。火点着后，她觉得有人盯着她，但门口和身后空无人影。重新面向砂锅时，有个黑影从她的余光中一闪而过。她立即又转过头去，依然什么也没有，只有窗户在风中摇晃摆动。可能是一只猫。

一只猫？

程芳心中咯噔一下，顿挫中有记忆释放了出来。接着她又想到了外面正在举行的庙会，以及庙会上姿态各异，却无论鬼神都同样面容狰狞的纸像。凉气爬上了她的脊背，像一只溺水的猫。庙会是鬼神离人最近的时节，这让程芳感到分外地孤独无依。她拒绝再想，再次把头转向砂锅。来不及反应，火就从煤油炉蹿到了墙上，像变魔术一般。

火瞬间铺满了整面墙壁，爬满屋顶，并占据了另外几面墙。火焰叫嚣着，像狂风中乱摆的金色爬山虎。木凳、橱柜、门框在黑色的烟雾中震颤，发出呐喊般噼里啪啦的声响。程芳试图呼喊，一张口，热气便涌进了喉咙，呛得她直咳嗽。她跪倒在地，捂着鼻子，觉得快要窒息了。

终于爬到门口时，她看到一个人影跑了过来。隔着火焰和黑烟，那人的脸有些扭曲和模糊，隐约认得出是和张清泉一起来的莫天。就在她极力把左手伸向莫天的时候，有什么砸在了她的右脚踝上。但很快她就明白了，钳住她右脚踝的并非在火中歪倒的木架，而是一只手。

莫天当然看不见那只手，他只看得到程芳朝他拼命挥动的左手，以及她左臂上那几道爬虫一样鼓凸的伤疤。她仿佛被什么压住了，嘴巴张得很大，身体奋力向外爬，不仅无济于事，还在不断地向后退。他蹿上前，迅速攥住她的手，拼尽全力，却拖不动。

"有人抓着我！"程芳在烟火中大叫。

莫天也感觉到了，有人拽着程芳的身体和他较劲。他想冲进去瞧一瞧，那股力量却又倏然消失了。就在他将程芳拖出来的同时，一声巨响，燃烧着的房梁砸落了下来。

莫天腾起身，掏枪跨进厨房。一个人都没有，在烟火中动弹的只有那扇忽然掉在地上的窗户。匆匆退出厨房的时候，他踩到了一个东西，但他显然不会多想。

那不是房梁的碎渣，而是一个木偶娃娃。它穿着红色的裙子，笑容狰狞地躺在火焰之中，缓慢无声地扭曲着。仿佛在它僵硬的木身之中，困着一个正承受煎熬的灵魂。

在张清泉和程芳的丈夫吴朗等人提着水桶仓皇赶来救火时，莫天陪程芳坐在院中，一身的烟火气。

"有什么抓着我。"程芳缩着身子，浑身颤抖，像刚被人从冬日的黄浦江中打捞上来一样。

"我检查过了，不可能有人。可能是橱柜压住了你的腿……"

莫天眼睛一抖，说不下去了。他赫然看到，程芳的右脚踝上，有几道渗着血的紫痕。很明显，那是人的手用力抓捏后留下的深青色抓痕。可是，除了门，厨房唯一的出口就是那扇窗户。莫天感到不可思议，因为那扇窗户太小了，就算有人，也不可能出得去。

"不是人。"程芳怔怔地看着自己脚踝上的那几道抓痕，声音很低沉，像从井底里传出来的一样。

"那是什么？"莫天咽了口唾沫，"你看到了？"

"鬼魂。"程芳抬起头望着莫天，眼神空如枯井，"这几天有庙会，不干净的东西多。"

莫天有些害怕程芳的眼神，把脸转向在厨房里忙活着的人。他们还在往乌黑一片的厨房里一桶接一桶地泼水，黑烟翻腾。然后他看到张清泉八岁的女儿如意出现在了走廊的拐角，她贴着墙根，面无表情，也不摆臂，像个木偶一样走进了厨房。出来的时候，她的怀里多了一个东西。

莫天起身过去，当他看清如意抱着的是一个木偶娃娃时，不禁皱了下眉。那个娃娃又逼真又丑陋，它的身体被火烤弯了，四肢像被掰断了一样朝各处扭曲，脸也歪了，却仍在咧着嘴笑。

莫天俯下身去，朝如意笑笑。"你的娃娃坏了，哥哥再送你一个吧。"

如意立即把沾满黑灰的娃娃抱紧，警惕地瞪着他。"这是我的娃娃。我只要我的娃娃。"

"那你怎么把它放到厨房里去了？"莫天伸出手，想摸摸如意的头，如意却后退着躲开了。

"是它自己溜进去的。"

"哦?"莫天摆出一脸匪夷所思的表情,"自己溜进去的?"

如意不再说话,不眨眼地瞪着他,像守着一块糖果,一个秘密,一步步倒退着消失在了走廊的拐角。莫天直起身,对着那段空无一人的走廊笑了笑。接着,他的笑容就消失了,因为他意识到了不对劲。那么大的火,厨房里的一切都被烧毁了,为什么唯独那个木偶娃娃一点燃烧的痕迹都没有?

当夜,程芳做起了噩梦。

她梦到自己站在被烧毁的厨房中,月光从窗外隐隐投到墙上,火焰般摇摆不停。厨房里很寂静,唯一的声音是她的心跳声。很快,她害怕起来,因为那心跳声不属于她。

她朝门口狂奔,直到精疲力竭,可她依然在厨房中,而那不知属于谁的心跳仍伴随左右。她捂着小腹大喘气,赫然发现腹部正在以肉眼可见的速度隆起,并不停地起伏,频率竟然与那心跳声完全吻合。

意识到自己即将生产的同时,阵痛传来了。疼痛让她欣喜,她抚摸着不停起伏的腹部,笑出了声。接着,一个黑影从她的腹部跳到了地上,用一双幽绿色的眼睛盯着她。

那根本不是婴儿,而是一只黑猫。它的影子投在墙上,阴森巨大,勾起了她深埋心底的记忆。

"我要吃鱼。"猫开口说话了,伴随着喉咙里发出的咕噜咕噜的声音,语气凶狠,"去做!"

程芳企图再一次奔逃，却被猫抱住了脚踝，和在火场被什么攥住时的感觉一模一样。接着，它变成了黏人可爱的样子，就像婴儿一样黏人可爱。它在她脚下摇尾打滚，不停地用背蹭她的脚面和小腿。

程芳安定下来，感受它柔软皮毛的抚摸。那感觉真好，她愉悦地闭上了眼睛。然而当她再睁眼时，却看见自己的小腿已经被猫蹭得血肉模糊，可见骨头。而猫也同样变成了一团血肉，它的肚子破了，内脏血呼啦露在外面，虚弱地浑身颤抖。程芳很清楚，它是被摔的。猫边向墙角退，边不停地对着她哀嚎，就像婴儿的哭泣。

程芳蹲下身，想把猫抱起来。猫却一下子腐烂成泥糊，蛇一样缩进了墙壁，在里面吱呀吱呀地走动。墙壁上留下了一块黑色的散发着腐臭的霉斑，宛如阴谋的暗喻。

程芳从床上猛地坐起，惊醒了睡在一边的吴朗。在骤然亮起的刺目灯光中，吴朗看到程芳正在紧张地检查自己的右腿。她的小腿上多了几道抓痕，正是梦中的黑猫抓蹭的位置。抓痕的痛感还没有完全消失，它打破了梦境和现实的界限，让程芳惶恐不安。

"有跳蚤吗？"吴朗瞥了眼程芳腿上的血痕，伸手关上台灯，翻身继续睡。但台灯立刻又被程芳拉亮了。

"有猫来过！"程芳捂住那几道抓痕，"就是十年前那只黑猫！它变成了鬼魂，想烧死我！"

"你要是又需要我帮你抻一抻神经，可以直说。怎么娶了你这么个不分四六的东西，隔三差五给我唱戏。"吴朗挤着眼再次关上灯,烦躁地把头缩进了被子。

在吴朗的鼾声中,程芳坐在床上一动不动,像一只清醒的独自观察深夜的猫。她在凝视地面。铺着月光的地面上,有一串并不明显的印迹。那无疑是猫的脚印。

她光脚下床,四肢着地,沿着脚印向前追索攀爬,最终爬进了被烧毁的厨房。

冷冰冰的月光透过方形窗框投进屋子,空气中仍飘荡着灰烬的味道。脚印在门口旁的墙脚消失了。程芳微微仰头,盯着一处位置一动不动。那里有一块黑色的霉斑,和梦中那块一模一样。然后她垂下头,开始不停地干呕——从霉斑散出来的腐臭味也和梦境中的一模一样。

她伸出手,去挖那块霉斑。十分诡异,砖头砌成的墙出奇地柔软黏稠,犹如砧板上被剁碎的肉馅。腐臭味也越来越浓烈,指引她继续动作。最终,她把墙挖出了一个洞,并不受控制地将手伸了进去。果然,她从里面掏出了黑猫的尸体。

猫通体乌黑,肠子从肚子的破口耷拉出来。在那条口子里,密密麻麻的蛆虫在月光下蠕动着。她回想起了十年前那一幕。那只偌大的黑猫死死咬着她的手臂不放,直到她号叫着把它狠狠摔到地上。

张清泉睡不着,去客厅沙发上坐着,在黑暗中回想白天那场火。

怎么就忽然着了火？这真的是不合逻辑的事情。程芳从来不是一个大意的人。十几年前，他在妻子吴素文的老宅建了这栋别墅，这几年很少来住。程芳算是这里真正的主人，房子的状况之所以能维持得很好，全靠她精心的护理。何况，如果是她一时大意，火刚起来的时候也是完全可以扑灭的，不至于烧到那个程度。

在一个又一个疑问中，程芳的话渐渐浮了上来。厨房里有不干净的东西。是那个东西让火烧起来的，而且一下子就到了不可挽救的地步。她脚踝上烙印般的抓痕一定不是莫天认为的那样，被砸下来的房梁所伤，而是鬼魂留下的。

还有那个娃娃，怎么会在厨房里？如意说娃娃自己溜到了厨房，这真的只是如意为了贪玩撒的一个谎吗？他并不这么想，他觉得，不干净的东西很可能就是那个娃娃带来的。

现在，张清泉脑海里全是那个娃娃。从看到那个娃娃的第一眼起，他就觉得不对劲。它的笑容很甜腻，眼睛黑亮，但它弯起的嘴角似乎带着一股邪气，眼神里也仿佛蕴含着愤怒。妻子倒觉得那是个漂亮的娃娃，觉得他认为怪或许只是因为它的脸刻画得过于逼真，以及他心中对怪力乱神的盲目迷信。

总之，无论如何，现在，他那不好的感觉应验了。当如意在前天的庙会上消失了一个钟头，又在诸多纸做的牛鬼蛇神后面忽然抱着娃娃闪出身来的时候，他就切实地感觉到了几个张牙舞爪又透明无声的影子在向他和妻女靠近。据如意讲,那个娃娃是一个褶子多得像枯树皮的老奶奶送给她的,但是被要求带路去找时,她已全然忘记该如何到达,甚至都不能确定是否真有这样一个老奶奶。想到这里,张清泉脑海里不由自主地浮现出了一个画面:一个由朽木雕成的老妇用斧头砍下了自己的一部分,把它雕成了那个木偶娃娃。一放到地上,娃娃就开始行走,一步一步,机械地走向了满脸欣喜的如意。

张清泉起身走到如意卧室前,轻轻打开了门。如意睡在一片月光里,咳嗽几声,动了几下。接着,娃娃的半张脸从如意旁边的被子里露了出来,用一只眼睛冷冷地盯着他。这时,楼下传来了一阵轻响。

张清泉走下楼时,客厅的门忽然开了,在风中颤抖。院子里荧光一片。他听到了猫叫,像婴儿在哭。他轻步走回卧室,从床头柜取了手枪和电筒,去院中查看。

瓦蓝色的月亮挂在天上,地上的树影交错舞动,有些阴森。每个角落仿佛都隐藏着东西,张清泉频繁地回头,依然不能对背后安心。他举着手电边走边照,意识到的时候,已经来到了厨房门口,一股恶臭迎面而来。

迈过被烧毁的门槛,他用手电扫射地面。一看见那只黑猫的尸体,他的心就像被揪住了似的。显然,他十年前也曾见过它。但它为什么还没变成骨头,甚至还活着?在惨白色的光柱里,他看到猫在喘气,破开的肚子一起一伏的。他提一口气,又朝猫迈了一步,伸出脚,想用脚尖碰一碰它。忽然,一个黑色的东西从猫的肚子里窜了出来。

一只硕大的老鼠。

张清泉吁了口气,关掉手电。他的后背已经湿透了。而这时,院子里又传来了清晰的声响。他猛然回过头,看到一个四肢着地,大小如山羊的黑影跑过他的视野,唰的一下,攀上了墙头。

月光里,那个怪物趴在墙头上,低嚎着撕扯什么。他打开手枪保险,悄无声息地抬起手后,迅速打亮手电。

出现在圆形光柱中的是程芳。她的下巴上沾满了血,从嘴角耷拉下来的分明是一条老鼠的尾巴。她怔怔地抬着头,朝光柱尽头的张清泉发出了一声清晰的猫叫。

1

一队祭祀队伍走在马路中央,笼罩在一层淡淡的烟雾中。领头人每走十步就要停下,跪下磕头烧纸。跟在他后面的是四个抬供桌的人,供桌上放着烤猪和五谷。再后面的人,每人手里都举着三炷香,不时随着领头人虔诚地磕头,为秋日的收成祈祷。

华良减挡,跟随在后面慢行。坐在副驾驶座上的高婕抽动了一下鼻子,摇上车窗。

"今天是春社日。"高婕看着前面说。

"对。"华良淡淡地说,"土地公公被南来北往的人同时念叨的一天。念叨多了,他兴许就成了真的存在。"

"你呢,也念叨?"高婕笑着问。

"怎么会不念叨,就希望他别太着急把我收回去。"

"终有一天,尘归尘,土归土……"高婕顿了一下,语气变得疑惑,"那是什么?"

华良沿高婕的目光看过去,只见诊所门前放着一个一米长的鼓鼓囊囊的布包裹。从轮廓来看,里面像是装着一个六七岁的孩子。

轿车赫然停住,高婕当先一步跳下了车。

包裹里装着的是一个穿着红裙的纸扎娃娃。看到娃娃逼真的五官时,高婕的手不由得抖了一下。而这时,诊所里的电话忽然响了。她有一种预感,这通电话不是工作电话,而是和这个娃娃一样,来自未知的领域。

"还给我……还给我!"电话一通,那边就传来了一个六七岁女孩的声音。她的声音非常古怪,很沉闷,而且带着明显的回声,像来自地底的密闭空间。

"小朋友,你是不是打错电话了?"

"还给我……还给我!"

"什么还给你?"华良瞟了眼一个打量着纸扎娃娃凑过来的感冒病人,对着电话问:"那个娃娃?"

"不是!你快让她还给我!"

高婕心生疑惑,把纸扎娃娃递给病人,双手插进自己的风衣口袋。从来不习惯在大衣口袋里装东西的她从风衣的右口袋里掏出了一把纸钱。端详着纸扎娃娃的病人看到纸钱，不禁肩膀一抖。

"高医生，你怎么会装死人用的东西？不吉利呀！"

高婕没说话，一脸诧异地看向华良。华良朝门口晃了下脸，"死者为大。我陪你出门烧掉"。

在诊所门外，华良掏出打火机点燃了纸钱。他和高婕并肩仰头，看着纷纷扬扬上升的灰烬，思索着那通古怪的电话。他当然不相信那是一通来自地底的电话，只是有时候，要想知道圈套的另一头由谁把控，就要先佯装走进圈套之中。祭祀的队伍还没走远，领头人此刻在淡淡的烟雾中舞动着双臂唱歌。那首歌没有歌词，只有怪异的腔调，仿佛来自一个无人知晓的地带和年代。华良注视着祭祀队伍，眼睛瞄着街道上所有的角落，企图寻找一双观察着他的眼睛。

诊所里的电话又响了。

抱着纸扎娃娃的病人拿起了电话。听了会儿，他的脸皮紧绷起来，握电话的手也开始哆嗦。见华良和高婕跑进屋，他慌忙把电话交出去，脸上是扔掉了一颗手雷的神色。"高医生，听得到人喘气，但听不到人说话。那声音，就像从棺材里发出来的一样！"

"还给我……还给我！"依然是先前那个声音。

高婕再次从口袋里摸出了一把一模一样的纸钱。也是在这个时候，电话倏然挂掉了。病人神色惊恐，想跑，刚一迈步就被华良摁住了肩膀。

"老哥，你对这个纸扎娃娃这么感兴趣，想必研究出点儿什么了吧。"

一个钟头之后，华良和高婕把车停在了府谷县的一座民宅前。全上海，会扎祭祀用的纸娃娃的手艺人不少，但是用向日葵秆做骨架的人却只在府谷县，因为这里有大片的向日葵田。而高婕怀里抱着的那个娃娃手艺精湛，染色工艺也是一绝，所以它只能出自张老汉之手。张老汉已经扎了一辈子纸娃娃，两人走进他的宅院时，他手上的活也没停。

"别人收到'替死鬼'，都想让它早点儿去报到。你是头一个隔了一夜没烧，还拿回来退的。"张老汉头也不抬，他正拿着毛笔，给一个纸人画脸。

华良看了看手里的纸扎娃娃，问："它替的是谁？"

"看来你不是张家的人。"张老汉瞄了一眼华良，"你是公家的人。"

"看来你看人比我准。"

"我已经看了一辈子人了。"张老汉画完了那个纸人的脸，放下毛笔，把它小心晾在已经挂满纸人的木架上。"订它的人叫张清泉，替的是他的女儿如意。别的我什么都不知道。"

华良照着张老汉说的地址沿蜿蜒的山路来到妙山村的别

墅时，月亮已经升了起来。听到他问询府上是否有女童，开门的用人立即拉下了脸，粗暴地说了声没有，便关上了门。

两人向汽车走去。直到现在，他也不相信那两通电话和高婕口袋里的纸钱是有人单纯在整蛊。他隐隐觉得，他周边的某处地方正在发生着什么。

高婕停住脚步，耳郭微动。动静华良也听见了，是一个扭曲了的六七岁女孩的声音，和电话里的声音一模一样。接着，高婕发出了一声低呼。有只手攥住了她的右脚踝。

高婕猛地挣脱，用力踩了下去。紧接着，哎哟哎哟的呻吟声从路边的几根木桩后面传了出来。两人对视一眼，嘴角浮起了笑意。

华良故作严峻，"这次遇到的，肯定是只恶鬼。你得下狠手"。

"好！"高婕微笑着再次抬脚，莫天立即从树桩后面吼叫着爬了出来。他头上戴的不是那顶标志性的黑色礼帽，而是一顶用柳条编的草帽，像一个落了单的游击队队员。

"大脚怪，你把我的手都踩扁了！"莫天哆嗦着左手。

"你要再胡闹，整个人都会被我踩扁。"

"所以，高婕口袋里的纸钱是那个病人放进去的。而那个病人，是你派去的。"华良瞟了眼莫天手中那个曲折多回形状怪异的扩音器，"那通电话也是你打的。"

"没错！用的就是我准备申请专利的最新发明——'地狱来电'。有没有一种被鬼魂问候的感觉呀……"

话音未落，高婕就夺过莫天手里的扩音器，一脚踩成了两半。

"纸扎娃娃也是你去订做的!"

"是又怎么样!"莫天满脸怨怒,冲高婕大吼,"明天我会拿着你的照片去找张老头,让他再做一个。我练针灸,我学巫术,我扎死你!"

"行了,神探。张清泉肯定有个女儿,他女儿到底出了什么麻烦,是你这个神探不能解决的。"

莫天直起腰,背起手,冲着华良赞许地点点头。"看着你进步,我很欣慰。实不相瞒,这就是我给你出的一道考题。虽然你天生迟钝,来得如此晚,但也勉强算你过关了。张清泉是我父亲的好朋友,我已经在这里住了好几天了。这么好的风光,我觉得,应该也让你们见识见识。"

"你到底要干什么?"高婕又踩了一脚地上的扩音器。

"干什么?"莫天眼睛一亮,"带你们开开眼界!太蠢的人不配和我一起探索奇妙的灵异世界!"

2

向华良和高婕讲述了府中的怪事后,莫天带两人进府,引见给张清泉夫妇。张清泉眼睛里的慌乱,华良看得一清二楚,那无疑属于对鬼怪的恐惧,以及对外人介入会让事态更加麻烦的担忧。相较之下,张清泉的妻子吴素文倒是更为镇定。尽管从小没少听关于蛰伏深山的妖灵的故事，但她从来不相信。事实上，她拜托莫天查案已经整整两天了，莫天却毫无头绪。莫天想得更多的倒是怎么能一举三得，既整蛊了华良和高婕，又能让两人过来查案，自己的面子还不会丢。

华良问起程芳，张清泉低声说她在房间里睡觉。

"找郎中开了个安神的方子，被吴朗硬灌下去的。她中了邪，被十年前那只黑猫附了身。"

"十年前的黑猫？"

"是。"张清泉的眼睛躲开华良的视线，神情看上去很不自在。顿了会儿，他才决定说下去。"十年前，她失手摔死了一只很大的黑猫。大家都知道，黑猫这种东西，邪得很，还是条山里的野猫。"

"我听莫天说它在火灾当晚又出现在了厨房里。"高婕接话说，"它现在在哪里？"

"我埋到妙山上了。"

"那张先生可否带我去看看？"

"呃，好吧。"

高婕随张清泉离开别墅后，莫天把华良带进了厨房。稍后，他又把程芳带了过来。程芳在门口停步，眼睛瞟着墙脚那个被自己扒开的洞，身子轻抖，仿佛在与一股引力抗衡。她右脚踝上的那四道青色的血痕还清晰可见，人中位置有些发紫。

这两天里，程芳被人掐了三次人中，每次都是因为忽然被"猫魂"附身。那个状态下的她像极了猫。她会四肢着地，悄无声息地爬出房间，去厨房（新腾出的房间）偷吃生鱼，会满角落地寻找老鼠，或者在阳光里趴下打盹儿，喉咙里发出咕噜咕噜的声音。而自己的这些行为，她全都一无所知。吴朗恼怒地跟她讲起这些时，她甚至觉得那是他做的梦。但是每个人看她的眼神都变了，连如意都开始躲着她了。

华良沿着程芳的视线蹲下身，朝墙脚的洞瞅了一眼。洞显然是人为事先挖好的，边缘部分留着凿子的痕迹。那所谓"腐烂"的墙体也不过是混入黏土又加水调成糊状的砖头粉末。

"华良，我当然也是这么想的，墙怎么可能生疮。"莫天拍拍华良的肩膀说，"我就是还想考验一下你，当你走进这栋包裹着诡异气息的别墅，走过那些神经兮兮的人身边时，是否还能保持最起码的理智。"

华良又看了一眼程芳，程芳依然站在原地，眼睛里的恐惧也仍旧在。他问她火是怎么起来的，她的身体便又再次抖晃起来，语无伦次，好久才说清楚。

华良的视线在烧得乌漆墨黑的墙壁上扫过。几面墙上都粘着一厚层油垢，可以确定煤油炉上的火引燃油垢就是整个厨房起火的原因。但问题是，即使是多年不清理的饭店后厨，墙壁上的油垢也很难累积到这个程度。

"就是忽然着起来的，没有任何征兆。是猫干的，它是回来寻仇的。"程芳恍恍惚惚地说。

娃 娃

二十分钟以后,高婕回来了。她已经对黑猫的尸体进行了勘验,那只是一只寻常的野猫。相比死于十年前,猫死在十日前倒是更符合她的判断。猫肚子上的那一长道伤口是用利器划的,并非摔打所致。

"你们不会懂的,因为你们只相信眼睛看到的。眼睛会让你们变得狭隘。"程芳木怔怔地转过身,瞪了一眼高婕,像木偶一样离去。

华良对着高婕朝厨房那扇唯一的窗户使了个眼色,高婕便快步走了过去。她尝试着从窗口出去,但是那里只容得下她一半肩膀。一个成年人是无论如何都不能从这里出去的,一个五六岁的孩子将将可以,但是孩子显然没有足够的力气去拖动程芳,并与莫天抗衡。

"我有两个设想。"莫天端着烟斗,皱着眉头摆好深思的神态。"第一,那个黑影确实是一个成年人,窗口也是他脱身的地方。而他之所以能脱身是因为他会缩骨功。我们可以把所有妙山的住民都召集起来,挨个儿关铁笼子,就看谁能逃走。第二,那个黑影真的是一个幽灵,是一个鬼。"

"神探,我看你可以改行当道士。"高婕不以为意地哼了一声。

"我忽然想起一件事!你们就说奇怪不奇怪!"莫天把烟斗在墙壁上敲得咚咚响,"华良,我问你,如果把一个木头做的娃娃扔进火中,它能不能被烧成灰?"

"你的意思是,那天着火的厨房里有一个木头娃娃,"

华良瞟了眼莫天,"厨房里的一切都被烧毁了,那个娃娃却没有?"

"一根毛都没被烧坏!"莫天激动地不住点头,"而且,那个娃娃我问过张清泉,他表现得很害怕。因为他也觉得,不祥就是从那个娃娃进家开始的。"

三人离开后的厨房恢复了安静,空气中像在酝酿着什么。窗外有风吹过,树叶沙沙作响,像有什么东西从中迅速穿过。

张清泉夫妇正沉默地坐在沙发上,面带愁容。张清泉还穿着刚才去山上时那双皮鞋,鞋底沾着厚重的泥土和草屑。邀请华良三人坐下时,他的脸上毫无笑意。华良刚问起娃娃的事,如意便抱着娃娃下了楼。见到华良,她下意识地抱紧了娃娃,怯生生地走到张清泉夫妇身边,挨个儿拽他们的衣角,让他们陪她画画。

华良瞟了眼那个娃娃,那是一个穿着红色裙子的娃娃,裙子用朱漆涂成,做工精致,五官逼真。但正是由于太逼真了,所以它被火炙烤后变得扭曲的脸和身体让他格外不舒服。

吴素文潦草地摸了下如意的头,让她自己去画。如意嘟着嘴不肯走,用上她最大的能力要挟,如果他们不陪她去画画,她就不去睡觉。

"你要不想睡,就不睡!"张清泉板起脸,瞪了如意一眼。"你已经长大了,别再让我看见你撒娇。还有,把这个破娃娃给我！"

张清泉说着伸出手，但如意躲开了。她猛退几步，站在客厅中央，紧紧抱着娃娃，眼睛里噙着泪。

"姐姐陪你画画好不好？"高婕从沙发上站起身，眼神温暖地看着如意，微笑着说。

如意看着高婕，有些畏缩，终于还是点了点头。见高婕领着如意走上楼梯，莫天也从沙发上跳起来，兴冲冲跟了上去。

听张清泉讲完那个娃娃的来由后，华良也起身去了如意的房间。他清楚，继续坐在客厅，从这对被叹息和担忧缠身的夫妻身上得到更多有用的线索，是不可能的事。莫天正坐在桌前给如意画鸡蛋，他已经画了大大小小十几个鸡蛋，并煞有介事地告诉如意，艺术巨匠达·芬奇就是从画鸡蛋开始的。

华良尽量用和缓的语气，询问如意那天在庙会上与父母走失之后去了哪里，在什么位置见到的那个老奶奶，但是如意依然什么都想不起来。孩子如果撒谎，表情显而易见。看得出来，她在很努力地想，思维的锁链在记忆的湖泊中拼命打捞，但是一无所获。那段记忆就像深夜中的一个短暂的梦境一样，飘到了世界尽头。

"如意，你为什么这么喜欢这个娃娃？"华良继续问。

"因为它是我唯一的朋友，只有它会时时刻刻陪伴我，照顾我，保护我。"如意边说边把娃娃藏到了身后，努着嘴，一副随时要哭的样子。

"不要怕，叔叔不会抢你的娃娃。你说它会时时刻刻陪伴你，照顾你，保护你，为什么那天它自己跑进了厨房。"

"当时我睡着了。在我睡着以前，它问我饿不饿，我说饿了，它说去厨房给我拿吃的。"

华良站在院子中，在夜风里抽了一支烟。如意的孤独他看在眼中，那是除去她的父母以外谁也不能填补的空缺。她的父母当然是爱她的，但是他们并没有给予她想要的陪伴和温暖。一支烟后，一个眼睛里充满血丝和惶惑的下人来到了他身边。

下人已经一连三夜没有睡好了。一到午夜，他就会被后院传来的动静吵醒。第一夜，他以为是野猫或者风。第二夜，他再次被吵醒。他下床来到窗前，看向后院。后院那扇打开的小木门正在风中缓慢地摆动，发出吱呀吱呀的声音。而每晚睡前，他的最后一项工作就是给后门上锁。

在昨夜，那扇门再次被打开了。

3

已至午夜。月亮静静地挂在天上，发着瓦蓝色的光。风吹得枝叶摇晃，树影乱舞。妙山上不时传来猫头鹰的叫声。华良和莫天蹲守在后院一棵粗壮的杨树后面，一支烟也没有抽。高婕倚在另一棵树后,眼睛看着月亮,耳朵却留意着四周,直到后门处出现了一个小小的黑影。

是如意。她抱着娃娃,踩踏着落叶,机械僵硬地走到后门前,打开木门,无声地走了出去。

莫天从树后起身,叫了如意一声。但如意并没有回头,消失在了夜幕中。华良让高婕去通知张清泉夫妇,自己则与莫天跟了出去。此时如意已经加快了脚步,好像有明确的目的地。莫天追到前面,她视而不见,照走不误。既六神无主,又毅然决然,这两种截然相反的神色同时在她八岁的脸上显现。莫天用手在她眼前晃了晃,她的眼睛不眨,神情不变,就像她怀里的木偶娃娃一样。

"华良,这孩子在梦游。是不是被鬼魂附身了?"莫天折回到华良身边,压着声音说。

"别惊动她。"

两人维持着与如意两米的距离,轻步跟随,一直跟到了庙会。

这个时间,集市早已散去,无人打扫的红纸、烧纸等祭祀用品的碎屑贴着地面飞行。各式纸扎的神像站在路边,伫立在水流一样一股股流动的雾气中,面容森然。莫天缩起脖子左顾右看,觉得随时会有幽灵的袖袍从他的视觉死角飘过来。如意继续姿态僵硬地往前走,并向前伸出了右手。她就像被人领着前行,而那个人只有她才看得到。

走出庙会,就成了荒野,月亮也被风吹走了。如意依然七扭八拐地行走。雾气中,她的脚步越来越快,山峦以不同的曲线在路边延伸，活物一般跟随。途中她停下了两次。第一次是经过一座寺庙时，她在门前停下，叩头跪拜。第二次是在牌坊前，她虔诚地插了香炉。她的举止让莫天想起了《聊斋志异》中的狐仙，深夜出行，对神灵抱有不同于人类的敬畏。一路上有不少纸人纸马，阴天子娶亲，城隍出巡，钟馗嫁妹等各种场面夹道伫立，像阴界的序曲。

出了牌坊，如意又踏上了上山的小路。一上山，她就欢快起来，身子不再僵硬如木偶，而是蹦蹦跳跳，笑着向前跑去。栖息在松树上的鸥鹟纷纷扑腾着翅膀飞出，发出尖刺的啼叫。

她跑去的方向，是一丘丘黑色的坟冢。一朵朵幽绿色的花火正在坟冢上摇曳。她一跑过去，那些花火便摇曳得更加剧烈，甚至飞起来，追逐着她，把她环绕。

"华良，那是什么？"莫天攥住华良的胳膊，他的声音有些变了。

"鬼火。"华良说，"从死人的骨头里出来的。"

如意抱着娃娃在坟冢间流连欢笑，挑选着供奉的祭品，把白色的菊花插上发髻，开心得像个自由的精灵。莫天随华良追过去，他从如意先前驻足过的一座坟前拿起一个苹果，一捏，苹果便噗一声烂在手里。蛆虫从中涌出来，爬上了他的胳膊。

如意被莫天突然的叫声惊动了。她停下脚步，缓缓转过身，相比之前，她的眼睛有了焦点。她定定地看着华良和莫天，一声尖叫，晕倒在地。

如意从华良的怀里醒来。她有些发蒙,看了看四周,并没有意外的表情。

"我的娃娃呢?"

华良把娃娃递给她。"之前的几夜,你是不是也都来这里玩过?"

如意抱紧娃娃,点了点头。

"你和父母赶庙会那天,失踪的那一个钟头,来的是不是也是这里?"华良继续问。

如意低下了头。

"为什么你要撒谎说全都忘了?"

如意看了一下四周,仿佛在寻找什么人。华良随她的视线张望,只有幽绿的鬼火兀自飘摇。

"送给我娃娃的摊主老奶奶不让我告诉任何人。如果我把别人领到了这个集市,所有的小伙伴,所有的好玩儿的就都会消失。你看,你们来了,他们就都躲起来了,没人愿意再陪我玩儿了。"

"集市?刚才还在?"

"在的啊,他们和我一起跳舞。"如意很肯定地点头,神情中带着委屈。"但是你们一来,我的小伙伴们就一下子藏起来了。"

"什么样的小伙伴?"华良继续问。

"男孩子穿着马褂,女孩子穿旗袍,或者裙子,就像我的娃娃一样好看。"

"华良,我们回去吧,我饿了。"莫天把脸伏到华良耳边,哆哆嗦嗦地说,"民国了,哪还有孩子会穿马褂旗袍。除非,是他们下葬的时候。"

华良没理会,继续追问如意从庙会走失,第一次来到这里时的情景。

那晚,庙会上攒动的人头让如意感到害怕。她想让父亲背着她,但父亲仍像以往一样板着脸拒绝了。她只得拉着他的西服后摆,跟在两个人后面,直到那支上山进香的队伍路过她身旁。

进香的队伍由叫口先生领队,他身后的两人一人打着铰铰,另一人敲着镲子。再后面的十余人双手持香,虔诚跟随。走在队伍最后面的是一个小姐姐,小姐姐冲她笑,还分给了她一炷香。捏住香的那一刻,如意决定跟着队伍走。

离开庙会不久,如意看到了一些奇异的场景。最先朝她走过来的是两队穿黄袍的人,他们簇拥着一个骑白马的老人。老人穿着红色的官服,胡须长如马尾。她在庙里见过他,那是城隍爷爷。她朝城隍爷爷笑,城隍爷爷就把她抱上马走了一段。后来,城隍爷爷与随从一起翩翩而去。接着,前面传来了锣鼓声,循声望去,只见七八个牛头马面之人敲锣打鼓,蹦蹦跳跳而来。另外四个牛头马面分别抬着两顶轿子也走过了牌坊。两顶轿子上都坐着人,一个是身披嫁衣的美丽女子,另一个则是身形硕大的黑脸男子。男子的络腮胡子向两边岔开,宛如野兽。如意害怕极了,但是小姐姐轻轻捂住了她的嘴，示意她不要出声，直到这队人马与上香的队伍错身而过。

人马过去后，立即又过来了另一队迎亲的队伍。同样是牛头马面敲锣打鼓，以致让如意感觉记忆倒退。但是牛头马面后面没有轿子，是一个骑在马上身穿龙袍器宇轩昂的男子。和前两队人马一样，他们一走过，便像雾气一样消失不见了。

如意跟随上香的队伍出了牌坊，在小姐姐的指引下，她看到了一个热闹的被幽绿的火光包围的集市。集市就在不远处的山间，许多小孩子打着灯笼在那里欢笑奔跑，售卖的各种水果和鲜花闪着火光。她撒开腿跑了过去，与孩子们一起在集市上飞奔。这是她梦里才会出现的场景，她从未有过那么多的朋友。不久，她被一个木偶娃娃吸引了目光。那个娃娃安静地坐在地上，朝她咧着嘴笑。娃娃身后的老奶奶也咧着嘴笑，并伸出枯瘦的手，朝她一下下地招引。

讲完那一夜的经历后，如意渐渐意识到了什么。她缓缓转过头，看到一座座的坟地后，不由得扑进华良怀里，尖叫起来。华良抱起她，往坟地外走。如意所看到的场景，和路上他经过的那些纸人纸马完全一致。在如意的眼里和记忆中，那些纸人纸马像曾经活过，并非从一开始就是空洞的外壳。华良当然不相信什么鬼魂出没，但是相比判断这属于真实还是一个八岁孩子的臆想，让她尽快远离恐惧显然更为重要。

在一个土坟前，华良稍微停了一下子脚步。这个土坟，如意先前并没有经过，因为它处在坟地的边缘。坟前放着拨浪鼓、糖果和点心，里面躺着的，应该是一具孩子的尸骨。他瞟了一眼墓碑，叫小珍，是个女孩。

4

华良背着如意，与莫天回到别墅时，张清泉夫妇和高婕正站在门前等候。如意已经睡熟了，两条细腿荡来荡去。华良没有把她交给吴素文，径自进了家。

张清泉把莫天拦在门外。一朵灰色的云彩蒙住了月亮，宛如路过的幽灵。张清泉给他点了一支烟，两人在夜风里瑟瑟发抖。

"不会真的是鬼魂被带进家了吧？"说完过去几个钟头的事情，莫天望向远处黑暗的山影，山影下面就是他先前驻足过的坟地。"不正常，太不正常了。"

张清泉叹了口气。"或许一开始，我就该阻拦华探长查案子。事情并不在他处理的范畴，他管的是人的事。我就跟你说，他来了不是添乱嘛。"

整整一夜，张清泉都辗转反侧，合眼时院子里的鸟已经开始叫了。中午起来后，他拖把椅子来到院子里，一根接一根地抽烟,眼看着太阳从中天游向西边。他的心中仿佛坠了个铅块,越来越沉重。

在这几个钟头的时间里,程芳又中过一次邪,趴在回廊上,咀嚼一条发臭的黄鱼,后来被吴朗和下人们拖回了房间。还有不到两个钟头,天就要黑了。而与黑夜一起降临的,还有那摆脱不了的邪咒。张清泉不知道接下来还会发生什么,在这个诡异的世界面前,他毫无掌控的能力。这时,他看到如意抱着娃娃来到了他身旁。他分不清是夕阳晃了一下,还是自己的视力出了问题,他忽然觉得天旋地转。那个娃娃也像忽然活过来似的,在如意的怀里扭动起身体,朝他转过脸,狞笑起来。

"宅院蒙阴,必有邪灵。邪灵随物来,倘若不驱,诸事皆乱,终家破人亡。"

张清泉一个激灵站了起来,后背冷湿一片。他喘着粗气,好一会儿才明白过来,刚才的声音不是来自他心里,而是背后。

站在门外的是一个背着褡裢握着铜铃的神婆。她冷硬的眼神从一堆皱纹里涌出来,让张清泉下意识地往后退了一步。她的视线越过张清泉的肩膀,停在如意抱着的娃娃上。与此同时,她手中的铜铃兀自响了,就像某种感应。

"家里有邪灵。有一个不应该属于这里的东西。"

神婆说话的腔调有些古怪,张清泉猜不出她来自何处。"属于哪里?"他战战兢兢的询问更像是想确认自己的猜测。

"阴界。"神婆依然看着如意怀里的娃娃,"那是死人的东西,带回了它,就是带回了恶鬼。恶鬼复苏了家里积聚的冤魂,它们是来索命的。"

暮色四合,用人将供桌抬到了院子里。神婆将做一场法事,驱邪除魔。在张清泉看来,神婆显然是游走于天地之间的圣灵般的存在。神界感受到了他的忧虑,所以将她指引过来,分毫不差。木偶娃娃此刻在她的手中,那是张清泉加两个用人在院子里对如意围追堵截,花了一刻钟才夺下来的。如意独自站在一棵大树后,透过人群的间隙,注视着神婆的举动。她满脸忧伤和委屈,仿佛那个木偶娃娃是她饲养的山羊,而神婆是拿刀的屠户。连她额头上的那颗瘩子,在如意看来都透露着阴狠的意味。

神婆将娃娃放上供桌,在它的脸上涂满糊状的血肉。那是她从活鸡肚子里取出的内脏,混合着鸡血和羽毛一起捣碎。在烛光的映衬下,娃娃咧着嘴笑,血一滴滴往下淌,形成相互交错的脉络,再一滴滴落到地上。众人站在神婆身后,无声地看着神婆摇动铜铃,低念咒语。不久,桌上的娃娃动了起来。

娃娃被火烤得扭曲的身体缓缓转动着,发出骨关节扭动般咯咯的声音。它像苏醒一样,慢慢站直,带着满脸模糊的血肉和诡异的笑容慢慢环顾神婆身后的众人。众人均感惊诧,连树后的如意都捂住了张大的嘴巴。

最终,娃娃布满鲜血的眼睛停在了华良身上。

华良不动声色地看着娃娃,随后与高婕转回身去,看到了正对着自己站在那里的程芳。神婆也转过身,冷冷地看了程芳一眼。程芳吓瘫了,瘫到地上,一点一点向后挪。

神婆从褡裢里掏出三支毛笔和几张烧纸,右手同时握住三支笔,蘸着碗里的鸡血迅速在烧纸上画符。之后,她将符纸贴上娃娃的脸,别墅的每一面墙壁,每一扇门,以及院子里的每一棵树。

做完这些,神婆把褡裢搭上肩,走到了张清泉夫妇面前。

"恶鬼已被镇住,无法再招引其他冤魂。切记,五日内不得摘下纸符。千万看好它,不要让孩子再动。"

"为什么不现在就把那个东西烧了,来个干脆?"张清泉握住双拳,急切地问。

"不行。"神婆眼睛里带着毋庸反驳的冷光,"现在把木偶烧掉,恶灵反倒会得到解脱,变本加厉地报复。它现在被困在木偶之中,昼夜承受我雷火符的鞭打。五日即可灰飞烟灭。"

张清泉取出准备好的一沓钞票,恭敬地塞进神婆的褡裢,低声又问:"从此,家里就真的消停了?"

神婆却没有给他确定的答案。"凡事皆因果,行事有亏,自然就会有报应。"她没再看张清泉一眼,朝门口走去。路过程芳的时候,她别有深意地朝她瞟了一眼。"若家中仍有动荡,只能另寻他法。"

程芳晃了下身子,像打了个瞌睡。她主动送神婆出门,满脸恳求。在宅门外,神婆定定地看着她,仿佛把她的身体看穿了似的。

"你的身上,有一只猫。"

众人散去,张清泉也拖着如意进了屋。如意的眼睛一直看着供桌上的娃娃,神情忧伤,仿佛面对的是一场离别。

院子里只剩下华良、高婕和莫天。三人走到供桌前,端详那个木偶娃娃。

"木偶的身上涂了蜡。"华良说。昨夜如意在坟地晕厥的短暂时间里,他观察了它。

"蜡?"高婕恍然大悟,"这就是它没在火中烧毁的原因。"

现在,华良又从娃娃身上看出了别的。在它的腰部,漆有一道很细的剥落。看来,先前娃娃之所以会动,很可能是神婆在它身上缠了鱼线,然后暗自操作。神婆,从古至今就是这样一种职业,虚张声势,察言观色,然后向吓破胆的对象捞一笔钱。他想起刚才大惊失色并送神婆出门的程芳,向宅门方向看了一眼。程芳正好进门,低着头,匆匆进了屋。

莫天拽了拽礼帽,跟了上去。"我去查看一下,看看那个神婆卖给了她什么御鬼的'神器'。"

怕程芳发现,他从走廊的侧门进屋。一进去,他便看到程芳站在婆婆何香玲的窗前向房间里眺望。他不知道何香玲的房间里正在发生什么,但一定是程芳不能接受的事情。因为程芳的表情激动而痛苦，按在窗台上的两只手正在剧烈地颤抖。

莫天闪到墙脚，只露出半张脸。这时，程芳离开窗户，朝虚掩着的门迈了一步。她的胸脯起伏，手伸向门把手，却又在中途悬停。短暂的犹豫后，她把手伸向了头上的簪子。接下来的动作无比迅速，像泄愤，她抹开左袖，在上面狠狠划了一簪子。在那一瞬间，莫天清楚地看到程芳的脸白了又红了。她攥着开始流血的胳膊，咬着嘴唇，步态疲惫地向自己卧室走去。

程芳的门关上后，莫天轻步走到何香玲窗前，听到了婴儿的声音。婴儿尚未学会说话，也尚未长牙，发出咿呀咿呀无比柔软的声音。他躬下身，透过没被窗帘盖住的一角朝里张望，下巴差点儿掉了下来。

屋子里没有婴儿，只有吴朗和何香玲。发出声音的是吴朗，他侧坐在何香玲的大腿上，何香玲的衣服敞开了怀。从吴朗的后脑勺前露出来的，是何香玲半个低垂的奶袋。

莫天有些无法相信，所以他闭了五秒钟眼睛。重新窥视，看到的还是一样的光景。他现在明白程芳的手臂上为什么会有那么多道伤疤了。册那，他在心里骂了一句，程芳应该踹开门去插这娘儿俩才对啊。

第二天一早，程芳僵硬的尸体被用人发现在厨房里。她赤裸着身体，蜷缩在一个用血涂成的咒符上。在一圈熄灭的红烛包围之下，她像一只病死在圈中的绵羊。

5

华良三人赶到厨房的时候,一小片生冷的朝阳正照耀着程芳的尸体。吴朗已经在她身上披上了一条毯子。她的两只手从毯子下面露出来,指甲全被剥光了。除了那圈红烛,她的尸体周围还撒着一些白米粒,一碗凝固的鸡血,以及一只开膛破肚两条腿举向空中的死鸡。

看上去,程芳死在了一场法事中。在墙角,华良找到了一把带着血和指甲碎屑的钳子。他详细检查了厨房,没有发现有人闯入的痕迹。在高婕勘验尸体的时间里,华良把那个符咒描在了记事簿上,让莫天带回巡捕房调查。此外,他还收集了钳子上的指纹。指纹只有一组,是程芳的,这意味着是她自己把指甲悉数拔了下来。但她为什么要那样做?难道这属于法事的一部分,是昨夜神婆给她留下的驱邪方法?还有,被她拔下来的指甲又去了哪里?

中午,用人在院子里支起炉灶开火。没有人走进厨房,包括程芳的丈夫和婆婆。莫天一回来,就又去教如意画鸡蛋了。华良一人在厨房门外徘徊,抽烟,试图捋清各个疑问之间的联系。那个被认作邪物的娃娃身上之所以被涂了蜡,就是某个人为了营造它火不能摧的诡异,从而将程芳的死定义为鬼魅的动作。如果真是如此,那么送给如意娃娃的那个老奶奶就与这场火摆脱不了干系。那个老奶奶究竟是什么人，为何要置程芳于死地？还有昨天那个神婆，在他之前的猜测中，她看出了程芳脸上的慌张，于是故作把戏，目的是从程芳那里得到钱物。但是有没有另一种可能，她的目的其实是利用程芳的恐惧引诱她走向死亡？如果是这样，她是怎么做到的？下毒？她又是谁？会不会就是庙会上那个卖娃娃的老奶奶？

这时，厨房的门开了。高婕摘下口罩，对着华良长舒了一口气。

"死因。"

"心脏骤停。在她的胃里提取到了没消化完的符纸碎片。"

"符纸碎片上有没有毒？"

"没有提取到。"高婕同样有些失落，"从血液中也没有提取到毒素的成分。"

"除了中毒，还有什么会引起心脏骤停？"华良继续问。

"比如先天性心脏病，或者突然的惊吓。但是程芳并没有心脏病。"

"你是说，她很可能是被吓死的？"

高婕点了点头。

难道昨夜真的有什么可怕的东西出现在了程芳面前？尸体的味道从厨房飘了出来，华良下意识地转过身去，对着三米外的小花园。他的脑海飘飞着各种可能性，各种程芳死去时的画面。忽然，他眼睛里的光凝聚了起来。

华良走进花园,在一棵杜鹃花前停步。杜鹃花下面的泥土被翻开过,上面虽然撒了一层干土,但仍留着几小段新鲜的花草根茎。他掏出雕刻刀,将土翻开,从下面刨出了几小片被火烧得残缺不全的纸张。

拼凑之后,他可以看出一些字迹了,"丑时""鸡血""内脏""除甲"。这是法事的步骤,程芳就是照着它做的。

华良将碎纸片贴到了一张白纸上,并拿着它敲响了吴朗房间的门。门那头,吴朗正悠闲地枕在何香玲的大腿上。何香玲嗑了瓜子,一颗一颗往他嘴里送。吴朗并没有因华良的到来而刻意流露出悲伤的神色,他慢悠悠地下床,招呼华良落座。看了华良放在桌上的白纸后,他以事不关己的语气行使了证人的义务。

"这确实是她昨晚从神婆那里搞到的,但是华探长,你知道,我的职业是家庭教师,我崇尚科学和民主,对这种封建迷信一向不感兴趣。我也常教导她不要相信什么怪力乱神,但她从来不听我的……我母亲倒是可能知道得多一些,昨晚,程芳找她商量来着……"

"快别再说这种话,这个世界上真的有鬼。"何香玲摁住吴朗的手背,表情紧绷,忧虑重重。

"程芳昨晚找你,跟你说了什么?"华良盯着何香玲问。

"真的有鬼。"何香玲又重复了一遍,她的害怕不是装的,她眼里的混浊正在迅速扩散。

"她跟你说有鬼?"华良继续问。

"这不是她说不说的事情,事实摆在这里。她就是被……"何香玲的嘴唇哆嗦着,不敢往下说了。

"那她昨晚上究竟跟你商量了什么?"

"她只是给我看了一下这张纸。"

何香玲缓缓站起身,魂不守舍地出了门。

"老人家受不住这个,华探长,您多担待。"吴朗说着起身去给华良泡茶,却被华良拦了下来。

"我看你倒是挺受得住。"

在华良面无表情的注视之下,吴朗尴尬地笑了笑。一把华良送出门,阴鸷就爬上了他的脸。

对于妻子的离奇死亡,吴朗并没有表现出应有的悲痛,这让华良感到匪夷所思。在莫天的陪同下,他去找了吴素文询问情况。这对夫妻的关系,吴素文十分清楚。程芳一向温顺贤惠,对吴朗言听计从。吴朗也是一个极其孝顺、善良的人,虽然有时会打骂程芳。当然,她也曾不止一次地劝过这个本族的弟弟。然而不管她用大姐的斥责语气,还是苦口婆心地耐心引导,他从来都是嘴上应着,不为所动。在她看来,这对夫妻的主要矛盾就是程芳一直没有生孩子。

于是莫天有了新的推断,一来到空荡荡的一楼客厅,他就迫不及待地对华良侃侃而谈起来。他认为案件的脉络已经很明显了,何香玲很年轻就没了丈夫,与儿子吴朗相依为命。儿子有恋母的情结,母亲也逐渐把长大的儿子当成一个成熟的男人去依靠。渐渐地，这对母子之间的感情走向了畸形。他昨晚看到的事正好可以印证这一点。程芳的存在对他们畸形的感情造成了冲击，家庭矛盾一再加剧。昨晚，程芳再次撞见了他们俩的事情，他怀疑程芳最终向他们摊了牌。

"'老娘再也忍不了了，我要揭发你们！'所以，这对母子干脆就杀了她。为了摆脱嫌疑，吴朗伪造了那张记录了法事步骤的纸并放进程芳的胃里，还弄了个法事现场，目的就是要把自己的嫌疑推给那个来历不明去向不清的神婆。看，多么清晰的脉络，每一步我都踩到了点上！"

华良没反驳，但事实显然绝非如此。吴朗刚才的证词里说到，程芳昨夜去找了何香玲。如果事实如莫天所说，他绝不会把何香玲牵扯进去。到现在为止，程芳是被人谋害的可能性连辅佐的证据都没有。华良闭上眼睛，沉浸到纷乱的细节中去。他恍惚感觉，自己身处的这栋别墅仿佛是座空中楼阁。它远离世界，自成一体，被阴谋和鬼魅组成的云雾紧紧包裹。忽然，他睁开了眼——从二楼的房间里，传出了一声惊呼。

那声惊呼是吴素文发出来的。两人跑进如意的房间时，吴素文对着如意的脸上还颤动着惊讶的余波。在她的训斥下，如意仍握着毛笔对着墙壁画画，像独自身处一个世界。如意的神情专注得可怕，和前夜她独自去向坟地时的样子毫无二致。她画的正是程芳死时的场景。画上的程芳赤条条躺在一圈摇曳的烛火中，十根手指上流出小蛇般蜿蜒的血。她身下的鲜血符咒则如洪水漫坡，朝各处跃进。

相比所画的内容，更让华良吃惊的是如意的笔法。她的笔法娴熟苍劲，线条犹如在狂风中摇晃的芦苇，粗糙而凌厉，完全不像出自一个七八岁的孩子。她下笔很快，以至于与其说是在画，倒更像是在刮弄，让原本就存在于墙皮之下的画露出来。华良感觉，眼前的人不是如意，眼前的画更不是如意画的。那画仿佛蕴含着某种东西，像另一个世界的入口。华良注视着它，感觉在注视一口深井。一股凉意从后背慢慢爬到他耳边，告诉他，后退，那不是你该去的地方。

吴素文把如意硬拽离墙边，让赶来的下人立即把墙壁清理干净。华良瞟了一眼旁边的书桌，走了过去。书桌上放着如意的图画本。

他翻开图画本起了毛边的封面，一页页翻看。每一页都是用蜡笔绘制的简笔画，笔法稚嫩，颜色鲜艳。每一幅画的内容也都是如意自己与父母在一起玩耍的场景，放风筝，或者做游戏，这才是全世界的孩子应该画的东西。他继续翻着，在即将翻到最后几页时，如意冲过来抢走了图画本。看着如意抱着图画本跑出卧室的背影，华良脑海里闪现着从图画本上看到的最后一个画面。那只是争抢中纸页翻起时露出来的一小部分，血色的凌厉线条在纸张上互相交错，和下人正在尽力用小刀刮除的那些线条一模一样。

下人面带惶恐，一刻不停地刮弄着墙壁。那声音听上去就像在刮弄骨头。被刮下的石灰粉末飘在阳光里，一个个血色分子在华良的视野中蹦跳出起伏错乱的曲线，然后汇聚成一圈闪烁的红烛，蜡油滴成的诡异符咒，以及程芳赤裸的尸体。程芳躺在红烛之间，火光摇动下，蜡油滴到地板上，变成血液，变成红色的河流，流向程芳冰冷的尸体。然后，他听到了木偶娃娃走上楼梯的声音。木头在木头间扭动，木头在木头上碰撞，声音干干巴巴，越来越近。他看到程芳的嘴角忽然弯了起来，接着朝他睁开了被血液浸满的眼睛。

华良睁开眼，程芳残存的尸体消融在他头顶上方的黑夜中。环顾四周，他才意识到自己是在卧室。而那木头碰撞木头的声音依然在持续，正是楼梯的方向。

华良下床来到客厅时，一个矮小的身影正一动不动站在楼梯上。他看不清黑影的眼睛，但知道她正凝视着他。

6

"明天早上你会挨骂的。"

华良看着如意。如意怀里抱着的，无疑是那个原本摆在院子供桌上的娃娃。

"是它自己过来找我的。"如意的声音很低，语气中带着委屈。"它知道爸爸妈妈都不会陪我。它是我唯一的朋友。"

华良走上楼梯,和如意在楼梯上并肩坐下。见如意把娃娃藏到身后,他从口袋里掏出了手帕。"我只是想帮她擦一擦。"

娃娃身上沾满了鸡血和肉糊,华良清理干净以后,又擦净了如意的手和衣服。如意放松下来,朝华良轻轻靠了靠。

"我不喜欢我的爸爸和妈妈。"如意抱着娃娃,声音低得像小猫,"因为他们不喜欢我。爸爸总是很忙,不忙的时候也不陪我玩儿,不愿意抱我。妈妈更坏,每天都要我背古文,学钢琴。生活没有丝毫乐趣。"

如意说出最后一句话的时候,华良的心跳停了一下。齿轮卡住,发出震颤,这只是一个七八岁的孩子啊。他想给予她安慰,但又不知如何是好。如果高婕在,她肯定会做得很好,至少能让如意去安心地睡一个好觉。然而高婕下午就回了诊所,她接到了诊所打来的电话,回去给一个急性阑尾炎患者做手术,明天早上才能赶回来。就在他犹豫的时间里,楼下传来了一声号叫。

号叫声是从别墅一侧传过来的。奔到走廊时,华良看到了何香玲在杂物间门前挣扎的身影。她号叫着趴跪在走廊地上,奋力向前挪移,动作颇大,但速度很慢,仿佛杂物间里有什么在拖着她。

在此之前,炸裂般的恐惧击中了何香玲。她尖叫着向后倒退,只退了一步就摔倒在地,手中那把铁锹发出了哐啷的声响。杂物间窗外的幽灵依然在风里飘动,摇摇晃晃击打着窗户。她知道那是谁,那身衣服她再熟悉不过。她想站起来往外跑,可是脚踝像被钢钳攥住似的,一使力便透骨地疼痛。窗外的幽灵伸出胳膊,刮弄起窗户玻璃,刺耳的声音犹如在她耳膜上摩擦。接着,她看到一个血淋淋的胎儿从幽灵的腹部蹦了出来,牵着脐带撞击窗户。砰,砰……一下又一下。她觉得肺里装满了沙土,无法呼吸,越来越沉闷。

何香玲用肘撑地,一下下向门口倒退。即将到达门口的时候,她的肘部压上了一个软软的棉垫。她转头一看,再次尖叫起来。

一整套婴儿用的服饰摆在门口。帽子,长命锁,斜襟棉衣,裤子,猫头鞋,按照顺序依次摆放,就像一个躺在地上的婴儿忽然蒸发了身体。世界上,没有任何一款衣服能像婴儿装那样让人心生暖意,但是此刻,这套衣服透露出的只有生冷的气息,让她胆战心惊,头晕目眩。这套婴儿装,她当然也不陌生。就在一个钟头以前,她刚亲手把它们埋在山下的坟冢之间。她知道攥住她右脚踝的是什么了。

吴朗比华良先到,他的房间就位于这条走廊的另一头。看到那套衣服,他的颧骨一下子戳出了皮肤。他迅速将衣服卷成一团,塞进睡衣,安慰何香玲回房间。何香玲躲到他身后,眼睛躲躲闪闪,望向杂物间。

"窗户外面有个鬼魂!她的鬼魂!还有婴灵抱着我的脚!"

"谁?"吴朗脸色一变,皱起眉头。他知道何香玲指的是谁,他只是为了确认,或者希望自己的猜测是错误的。

何香玲没开口,她看到了冲过来的华良。华良跨进屋,直奔窗前的黑影。窗外确实站立着一个人,戴着一顶渔夫帽,大衣在风中轻轻摇摆。半分钟后,他推开窗户,将那顶黑色的帽子掀了下来。

回到吴朗和何香玲身边的时候,华良心中带着三个问题。其中两个,须要问眼前这对慌张的母子。

"窗外的人是谁?"华良晃了晃手中的渔夫帽。帽子上有着清晰的樟脑球的味道,应该已经在柜子里放了很久了。

"鬼,鬼魂。"何香玲的嘴唇哆嗦着,"婴灵,它缠住了我的脚。"

"哪儿来的婴灵?"

何香玲没有回答。

"程芳是不是有过一个孩子?"华良继续问。红色毛线团还在他的脑海中击打窗户,像一个柔弱的胚胎。

"没,没有……"何香玲支吾着,被吴朗拽走了。没走几步,她再一次跌倒,扭伤的仍旧是右脚踝。这让她对婴灵的存在更加深信不疑和恐惧。吴朗背着何香玲消失在走廊拐角,如意抱着娃娃一步一步向华良走来。

看到窗外衣架上的那套衣服时,华良猜测它多半属于程芳。从何香玲的反应判断,她认出了那套衣服,肯定是她认识又死去的人的衣服,而那套衣服的尺码又与程芳相符。何香玲还提到了"婴灵",那她很可能把挂在衣服腹部的那个红色毛线团看成了胎儿。

但是程芳并没有孩子。她已经三十岁了，却没有孩子，这是一件奇怪的事情。那她是不是有过一个孩子，后来夭折了？在他问程芳是不是有过一个孩子的时候，何香玲很像在撒谎。如果她真的在撒谎，那她在掩盖什么？

华良心中的第三个疑问是，是谁把那套衣服挂上衣架放到了窗外。那显然是有人蓄意为之。窗台上有几粒浸了鸡血的米粒，这是民间方士惯用的伎俩，米粒可以引来老鼠，制造动静，营造闹鬼的假象。他也的确在窗户玻璃的外侧看到了很多老鼠的爪痕。那人这么做的目的是什么？仅仅是为了惊吓何香玲？除了莫天，大概没有人这么无聊。

"叔叔，我害怕。"如意走到华良身边，一手抱着娃娃，一手拉住了华良的手。

"世界上没有鬼，只有装神弄鬼。"华良蹲下身，轻声说。他看到张清泉夫妇穿着睡衣匆匆走了过来。

在华良的眼神示意下，张清泉夫妇没有责备如意。他们拿出了罕见的耐心和从未有过的交流的真诚向如意道歉，劝她听话，以后不能再乱涂乱画。这一次，如意没有退，没有跑，她趴进吴素文的怀里委屈地哭了。她怀里的木偶娃娃滑落到地上，向她伸出扭曲的手臂，但她一眼也没有再看。背着如意往卧室走的途中，张清泉回过头，看了眼华良，又看了眼地上的娃娃。华良了然，朝他点了点头。

把娃娃重新放上供桌以后，华良站在旁边抽了根烟。月亮被云层剥夺了一半光线，变得了无生机，像纸糊的灯笼。华良一边抽烟，一边看着娃娃，思索着这个马戏团一般的世界。不知道明天,那个还未现身的戏法师又会给他带来什么。说不定那个戏法师此刻就站在院子里的某个角落,静静地注视着他。在苍白的月光里,他蓦然觉得,娃娃身上的裙子仿佛变得更加鲜艳了。

7

一早,华良去找了吴素文,带着昨夜挂在衣架上的呢子风衣和渔夫帽。风衣吴素文并没见过,但是那顶渔夫帽,她依稀还记得。那是她作为见面礼送给程芳的,已经是十年前的事了。

"那程芳究竟有没有过孩子?"华良继续问。

"没有。"吴素文确定地摇了摇头,"昨天我就说了,这是他们两口子的矛盾点。程芳还活着的时候,我曾私下跟她聊过孩子的事情,但是她只是笑笑,不说话。"

"也没有产下过死婴?"

吴素文继续摇头。

难道猜错了?华良没再逗留,向餐厅走去。莫天正在餐厅等他。早饭还没开,莫天独自坐在长桌前的一团朝阳里,百无聊赖地吐着烟圈。他的两眼乌青,自从昨晚被华良叫醒后,他便没有睡着过。华良一进来,他便立即坐直了身子,双手敲打起桌面,摆出一副胸有成竹的样子。

"昨夜，你敲开我的门告诉我杂物间的'婴灵'事件时，我心底里就不认同你程芳有过一个孩子的推测。你知道，我有锐利的眼睛和聪慧的头脑，总是可以看清迷雾中的一切。关于婴儿的事情，我也一样自有想法。经过我一夜的蹲守，果不其然。"说到这里，莫天特意停下来，面带微笑，看着华良，喷了口烟。

"有话快说，不说就从下边放掉。"

"这个别墅里，确实出现过一个婴儿。但不是程芳生的。"

"那是谁生的？"

"何香玲生的。"莫天满意地扬了下脖子，"何香玲和吴朗生的。"

莫天对自己的推断充满信心。为了验证自己的猜测，昨夜华良一走，他就来到了何香玲的房间外面猫腰偷听。吴朗一直在里面，两人轻声说着什么。约莫半个钟头后，吴朗出了门。他叫醒下人，吩咐对方烧了一桶热水抬进何香玲的房间。下人一走，他便又进去了。莫天从暗处回到窗前时，何香玲和吴朗已经坐进了那桶热水中。吴朗背对着何香玲，头靠在何香玲的肩膀上。何香玲拿着毛巾，为他擦洗身体。后来，吴朗转过身，把脸埋进了何香玲怀里。

"这对母子乱伦，生下了一个婴儿。怕被别人知道，他们杀死了那个孩子。"

华良站起身，他还是相信自己的判断。他冲撞着被自己呼出的烟雾走出餐厅，又走出别墅大门，视线随着脚下弯曲起伏的山路延伸。当一辆吉普车裹挟着沙尘出现在山路上时，他微微地笑了。

"我曾从一个手臂骨折的病人那里听过一个传说。"

高婕坐在驾驶座上，听华良讲完昨夜的情形后，她的记忆深处有一个点亮起了的隐隐的光。那是一个关于婴灵的传说。相传但凡非正常原因流产的胎儿都会化身婴灵，婴灵飘荡于世间的唯一目的就是复仇。它们会日复一日地缠着害死自己的人，并像寄居蟹一样附着在对方的特定部位。从此，那个部位会反复受伤。她还记得那个年轻讲述者的样子，满脸皱纹，那完全是被恐惧一天天、一夜夜折磨出来的。

讲述者是一个接生婆，每个人都知道她的手艺很好，但是没有人知道，那很大程度来自恐惧所致的过分的自我鞭策。她接生的第一个婴儿是一个死婴。原本那个胖乎乎的婴儿可以顺利出生，在父母眼里一天天长大，但是由于她的操作不当，他一出生就被埋进了土里。没多久，她右臂下的毛细血管像蜘蛛网一样显现了出来。从此，那只手臂再也没有消停过。她时常会在半夜痛醒，有时是针扎一样的刺痛，有时是肿胀带来的麻痛。三年后的某一天，她的右臂被酒坛砸断。你不要不相信，高医生，她晃动着打了石膏的手臂告诉高婕，那坛酒好端端地在我亲戚家的柜子上放了三年，怎么我一去就无来由地摔下来了呢？砸的还正好是这条胳膊。

"开车，"华良在副驾驶座上伸了下腰，"去方圆十公里有妇产科的医院诊所挨个儿调查。"

傍晚时分，高婕把车停回了别墅门口。两人下车后，径直去了何香玲的房间。他们在一家医院找到了程芳当年的住院信息，她确实流过产。当时孩子已经五个月了。此后的三年，程芳从那家医院陆续多次开了有助于怀孕的药品，但她再也没有怀过孕。

推开门后，两人愣在原地。何香玲正在屋子里爬行，嘴里咿呀咿呀不停，涎水从嘴角流出来，挂在脖子上的奶瓶不断摇晃。实际上，她婴儿般的蜕化开始于早上起床以后。她再一次去了杂物间。她不知道自己为什么要去那里，是确认危险已经消除，还是无法自控的回到危险之中。在看到木箱子里的那个奶瓶之前，她的思维是一团絮状的虚无。她依稀记得昨夜做了一个可怕的梦，但是她记不起来了。当她把布满灰尘的奶嘴含进嘴里，质变就发生了。她很兴奋地吸着奶瓶里陈旧的空气，每吸一口，身体就柔软一分，仿佛在迅速地融化。她是爬出杂物间的，她的表情也并不痛苦，满是爬行带来的欣喜。从那一刻起，她就没有开口讲过话。她的意识已经飞向了遥远的地带。

"何香玲。"

华良叫了她一声，然后又提高声音叫了一声，何香玲才大梦初醒一般抬起头来，审视华良和高婕，审视四肢着地的自己和脖子上悬挂的奶瓶。她想起了程芳死前如猫的一样异常举动,所以意识到自己的死期也即将到来。她瘫坐到地上,皱纹垂坠,灰色头发毫无光泽地凌乱着,犹如从她身上飞走不会再回来的时间和思绪。

"十年前,程芳怀过一个女孩。"华良平静地看着地上的何香玲,讲述他查到的信息,"但是后来,因为意外,她流了产。从此,她就没有再怀孕。我们已经找到了当年她住过的医院,所以不要再撒谎。程芳流产,是因为你。"

两秒钟以后,何香玲的眼皮动了动,到开口回答又花了两秒钟。她忽然想起了昨夜那个梦。梦里,她蜷缩在地上,既感受着地面的冰冷,又悬浮在半空审视自己。酒精味很浓烈,她感觉自己就像死在子宫里的胎儿。

"我踹了她的肚子,就是用这条被婴灵缠住的腿。"何香玲伸了伸自己的右腿,"因为她想抢我的儿子,怀孕就是她的手段。她没当过母亲,怎么能明白孩子对母亲来说代表着一切?她就快得逞了,我的亲生儿子变得就快不像我儿子了,开始不从我这个母亲身上索取了。可我的一切都是为他准备的,他离开了我,我的意义何在?我的儿子真傻,那么轻易就被她骗了,甚至心甘情愿围着她转。她给他的怎么能有我给的多?世界上,只有我能为他死,其他人靠近他都是别有用心!"

吼完之后,何香玲开始缩着脖子环顾四周。她分明看到空气中层层叠叠飘满了画面。她看到程芳捂着肚子号叫的面孔,看到被医生扔进垃圾桶的血淋淋的死胎,看到程芳死时的样子,还看到了她昨夜的梦境。这些画面像牢笼,逼得她抓起了自己的头发。高婕想过去，却被冲过来的吴朗撞开了。吴朗把何香玲抱起来，扯掉她脖子上的奶瓶，摔成了一地碎玻璃。此时何香玲看向吴朗的眼神充满温暖，华良看得很清楚，那不属于母亲看儿子的慈爱，而是一个女人对一个可以掌控局面的男人的温顺。

在镇静剂的作用下，何香玲攥着吴朗的手睡着了。两个钟头后，她带着恐惧和一个决定从昏睡中醒来。吴朗还在，所以她的神情保持得温和而安静。

"饿了吧。"何香玲微笑着抚摸吴朗的头，吴朗把脸埋进她怀里，点点头。

"想吃什么？"

"云吞。"

"我去给你做。"

去厨房的途中，何香玲并没有意识到身后追随的脚步。在那两个钟头的昏睡中，镇静剂在她意识中建起铁网，任她咆哮哭喊，都摆脱不了沙尘暴一样的梦魇。此刻，她依然被那些画面堵得透不过气，所以她的脚步越来越快。在灶台前，她蹲下身，没有点火就拿起了烧火棍。端详了一会儿，她将棍子插进了自己的眼睛。

华良来到厨房门前的时候，何香玲的左眼已经变成了一汪血水。她大声哀号着，但没有停手的意思。如果不是华良将她拽住，她的右眼也会血糊一片。剧痛失明，或者继续被那些层层叠叠的画面侵袭，前者是更容易承受的事。

即使疼痛难忍,她也拒绝去医院。除了担心那只干瘪的眼球会不合寻常逻辑地重新焕发生机以外,还有恐惧。因为医院是婴灵降生的场所,血淋淋,冷冰冰。高婕只能选择在家给她处理,摘除眼球,注射盘尼西林。麻药退潮,疼痛把她拽醒,恐惧仍在她左右,高婕只得再次给她注射镇静剂。

夜深了,华良三人在客厅里静坐,张清泉陪在一旁。莫天喷吐出的烟雾像交缠的河流,顺着窗户淌进黑夜。房屋外墙和树干上的符纸飘动在风里,沙沙作响。华良微微闭上眼睛,思索着发生的两起案子。它们倒是有个共同点。从表面看,程芳和何香玲都有被怨灵缠身的情况发生,这和神婆说过的话完全一致。究竟是神婆跟这两起案件有着不为人知的关联,还是她的话掀起了两人内心的恐惧?

张清泉一声不吭,随着夜的加深,他脸上的愁容和恐惧更深了。他脑海里盘旋着一些黑色的影子,那些影子正朝他的别墅爬来,在院子里像野兽一样奔跑,捕食。他搞不清,为什么做了法事,势态还在继续恶化。下人已经遵照他的吩咐在方圆十里打听了一整天,但没有人见过神婆的踪影。在张清泉眼里,她就像神兵天将一样消失了,他能做的就是通过内心呼唤相求。

8

朝阳爬上镜台,像海水一样无声缓慢地漫上镜面。镜子上的图案则是海滩上踩出来的脚印,是红色的。

何香玲跪在镜子前,身上勒满荆条,像海礁一样一动不动。她仅存的一只眼定定地看着镜子上的图案,嘴巴微张,像是死在了对于平静远方的憧憬之中。

最先打开何香玲房间的是吴朗。那一刻华良三人也正从各自的房间出来,去探看何香玲的病情。刚穿过客厅,他们就听到了吴朗撕心裂肺的号哭。华良最先冲过去,只看到吴朗跪在地上,使劲儿摇晃着何香玲。何香玲身上缠满了荆条,从各处勒痕和鞭痕渗出来的血已经干了。他望向何香玲对着的镜台,心中咯噔一下,仿佛有谁对着他拉动了枪栓。为什么昨晚每个人都没听到一点动静?

镜台上的血图案跟程芳尸体下面那个蜡油滴成的图案完全一样。华良蹲下身查看何香玲的右手,她的食指指肚上沾满了干掉的血——图案是她自己画上去的。

吴朗忽然张大了嘴,不停地拨弄翻动起何香玲的头发。"短了!短了半寸!有人动了我母亲的头发!"

华良看了几眼何香玲的头发,并没有看出和以往的差别。他与高婕、莫天对视一眼,两人也都一脸莫名其妙的表情。

"我发誓，短了！就是短了！"自此，吴朗再也说不出完整的话。他开始号啕大哭，直到半个小时后才虚脱在地。在这个时间里，别墅里的其他人都站在门口张望，不敢再往前跨一步。

高婕的验尸结果出来后，华良就一直在院子里踱步。何香玲的死因和程芳一样，心脏骤停，而她也同样没有心脏病史。两个死者的脸在他的脑海里交替出现，每张脸都是那样平静，恍如天空中慢行的云絮，那不是暴风雨中的节奏。

她们真的是由于惊吓过度导致的猝死吗？华良再一次怀疑这一点，但是高婕并没有从两人的尸体上勘验出中毒的迹象。然而如果是新型毒素呢？

"毒物学只能验明已有的毒素。如果是非常罕见的毒素，或者新型毒素，就只能通过尸体表征、血液以及肾脏状况验证是否中毒。"

说完，高婕就意识到了自己的疏漏。程芳和何香玲的尸体，她都没有对肾脏进行解剖，因为两者的体表特征和血液都没有显示出中毒的迹象。她疏忽了另一种可能性，世界上确实有少数毒素可以毒死人，却不会立即让死者的体表和血液出现异常。

"我现在就去解剖她们的肾脏。"

"慢。"华良忽然停住了脚步,指了指墙边那丛竹林。高婕望过去,透过繁密的枝叶,看到了墙上的画。

依然是用毛笔所画,依然是如狂风、剃刀般凌厉粗糙的线条。不过这回画上的人是何香玲。她被长满刺的荆条捆跪在地,血流满身,右脚踝被一个婴儿紧紧地抱住。

"你猜这是谁画的?"

高婕看着画,想了想,说:"吴朗?"

"如意。"

高婕把脸扭向华良,确认他是否在开玩笑。怎么可能,一个孩子。而且前几天,她才刚陪如意画过画。

"如果不是亲眼所见,我也不相信。就像一个看不见的人握着她的手在画,就像她的身体里住着另一个灵魂。"

程芳和何香玲的肾脏解剖完成时,已经是晚上九点钟。不出所料,两人的肾脏都出现了衰竭的症状。考虑到何香玲的胃里什么都没有,高婕开始检查看她的呼吸道。半个钟头以后,她从何香玲的鼻腔皮肤里夹出了一根宛如马蜂尾针一样的毛刺,那是金皮树的刺。这种产于南洋深林中的稀少物种具有奇毒,一根刺就能毒死一头一百公斤的鹿豚。

"幽灵的斗篷下面从来都不是空空如也,里面永远有一副正在腐烂的肉身。"华良接过高婕递来的镊子,端详着那根毛刺。

"但是它现在只露出了爪子,并没有留下脚印。我们无法追踪。"

"无论如何,这对在山沟里土生土长的婆媳不是被邪灵所害,也不是自杀。"

这时,莫天用手压着头顶的礼帽跑了进来。五分钟前,他接到了巡捕房同事打来的电话。他们已经查清楚了留在两个死亡现场的图案,那是南洋一种换魂邪术所用到的符箓。而且,他们已经查到了一个会施南洋巫术的民间术士,就等探长去敲门。

一个钟头以后,华良敲开了那扇门。开门的是一个精瘦黝黑,眼睛时不时盯着空气的老头。领三人进屋,得知他们的身份和来意后,他从桃木箱中拿出了一个木偶娃娃。

那个娃娃与如意从庙会上抱回来的娃娃截然不同,脸上遍布皱纹,五官挤在一起,像一个丑陋的瘤子。

"换魂术需要两样东西。一样是你们之前调查的那个符箓,还有一样,就是娃娃。"

"嘿,是个老头,"莫天笑着朝娃娃伸出手,"得几千岁了吧,都快老成一棵野参了。"

"这里面住着一个苍老的灵魂。"老头挡开莫天的手,恭敬地看着娃娃,"每一刻都等待其他想获得永生的灵魂来接替。"

照老头的说法,那个灵魂已经在这副身体里住了三百年了。他的身体早已经腐烂,变成了南洋的一抔土。生活多磨难,身体又是腐朽的,而灵魂总在追求永恒,这大概就是他当初选择进入木偶身体的原因。换魂术的步骤相当简单，只要在娃娃身上涂抹上鸡血和内脏，再画下符箓，在鸡鸣时分对着符箓凝神祈愿便可奏效。只需要一瞬间，他囚禁于娃娃体内的岁月就将结束。他寄希望于遇见一个和他抱有同样想法和决心的年轻人，如若那样，他将在崭新的曙光之中住进那副年轻的躯体里，重新行走在世界之上。到时，他生命中曾承受的痛苦早已不复存在，而年轻人当下的痛苦也与他毫不相干。他会走出年轻人的生活，搭建自己的新世界。但是直到现在，也没有人来接替他。

"有时候，我会在夜里听到他哭。别人都听不见，但是我知道他在哭。"老头摸着娃娃植物根须一样的头发和胡子，指肚捋过它每一条皱纹，"和三十年前别人送给我时相比，它的外形明显地变老了。我相信，现在就算能有一个绝症病人来接替他，能让他出来活一天，喘口气，他都是开心的。"

"娃娃的外形会逐渐衰老。"华良问道，"刚制成的娃娃是小孩的样子？"

"不。"老头摇了摇头，"刚制成的娃娃就是一副衰老的样子。而一旦有灵魂注入里面，它就会吸收灵魂的生命，迅速返老还童。它木质的皮肤上会生长出和真人一样的皮肤与毛发。万物的衰老都是从拥有生命属性开始的。"

"如此说来，如意抱回来的那个娃娃体内已经住进了一个灵魂。"莫天感到头皮发麻，仿佛一把快刀斩了过去。"华良，你觉得最开始进去的灵魂会是谁的？还有，那个神婆为什么要给程芳留下换魂术？何香玲是参照程芳手里的符箓还是神婆也曾接触过她？这俩人知不知道这是换魂术？如果程芳的灵魂真的换出了娃娃体内的灵魂，那么那个灵魂去了哪里？程芳已经死了，灵魂无处可居，会不会成为在别墅中游荡的鬼魂？后来，何香玲又换出了程芳的灵魂，程芳的灵魂又在哪里？算了，你不用说了，这都是我该查清的问题。首先，我要做一个灵魂探测雷达。"

华良没理他，朝老头点了点头，又看了一眼娃娃，出了门。他心中多了一些疑问，也多了一些头绪。即使抛开换魂术的迷信层面，假使它是真实存在并有效用的，那程芳和何香玲的灵魂也从来没进入过娃娃的体内。因为换魂术根本就没有成功，程芳和何香玲分明是被毒死的。

那个口音怪异的神婆成了杀死程芳和何香玲的最大嫌疑人，她大概来自南洋。就像莫天所说，她为何要对这两人运用换魂术？仅仅是为了迷惑两人？大概不是如此。程芳和何香玲恐惧的是前来索命的怨灵，如果只为了迷惑两人，她随便画个符箓就可以，但她画的却偏是很少有人知道的换魂术的符箓。而且，神婆对那个娃娃的操作和换魂术的第一个步骤完全吻合，这也绝不是巧合。

他心中捋出了一种可能性：神婆就是那个送给如意木偶娃娃的老奶奶，然后她营造火灾，装神弄鬼，再化装来到别墅，取得程芳的信任，企图让程芳的灵魂与娃娃中的那个灵魂互换。同时，她还留了后手，换魂术没有成功，程芳便会中毒身亡。所以，她教给程芳的步骤之中应该有一个时间差。第一次换魂失败以后，她又在何香玲身上实施了一次，同样以失败告终。但是，神婆为什么偏偏把程芳和何香玲作为目标呢？那晚，如意远离父母，来到她身边，相比两个大人，一个出现在荒郊野外、心智不全的孩子不是应该更容易操作吗？

9

高婕驾驶着华良的吉普车，穿行在纤薄的雾气和尘土之中。她独自一人前往庙会，所有相面、算卦、看风水、卖佛珠的摊位都在庙门前摆着，那里兴许会打听到神婆的下落。

吉普车消失在妙山旁的弯道以后，华良看着蛋黄一样的朝阳升起来，然后扔掉烟头，转身回别墅。院子里很安静，唯一的声音是树上的鸟叫和几声用人苏醒后的咳嗽。走到房前时，他迈在台阶上的脚瞬间停顿，收了回去。他回头望向供桌，几只麻雀在上面蹦蹦跳跳，啄食上面的点心和干掉的鸡血——昨夜还摆在上面的娃娃不见了。接着，他看到吴朗光着膀子从屋子里冲了出来。

"那，那东西跑进我屋里去了！"吴朗压着嗓子朝华良喊。

就在五分钟以前，娃娃走进了吴朗的梦境。那木头关节拧动和触碰地板的声音从走廊来到他的房间，继续靠近，最终在他的床边停下。他能感受到娃娃冰冷的注视，余光也能看见它模糊的身影。他企图转过身确认，但是全身僵硬无法动弹。那一刻，吴朗感觉自己才是那个木头刻出来的人，而对方是活生生的。

终于翻过身以后，他睁开了眼。尽管娃娃不见了，但他并不觉得刚才发生的仅仅是梦境，因为门开着。他下床出门，走廊里空空如也。等他再回过头的时候，那个娃娃正倚着床背站在床上，对着他笑。

华良进去的时候，娃娃依然站在那里，红裙甜笑。抓起它的时候，他感觉到了不对劲。相比以往，它仿佛变得柔软了。他掏出雕刻刀划下去，娃娃的表面就翻开了一道口子，是一层皮。看着华良将那层皮一点点从娃娃身上撕下来，吴朗的腮帮子不停地跳。

"是人皮。"华良低头看着，娃娃的面部在他的手掌中，像一个面具，"昨天还没有的。"

"好端端的，木偶娃娃身上怎么会长出人皮？"

华良没说话，端详着手里的人皮。莫天低头走了进来，手里拿着一个带天线的正嘀嘀作响的仪器。那是他花了一整夜时间做成的灵魂探测器，主要部件是从张清泉的冯·古拉凯收音机里拆出来的。

"听到没有，探测到了。你这屋子里啊，有个鬼魂。"莫天兴奋地一拍吴朗的肩膀，吴朗整个人就瘫了下去。

"你现在信了吧，这个家里并不干净。只要娃娃身体里住进了灵魂，它就会长出皮肤。现在，你老婆和你母亲的灵魂都在它的身体里。见没见过存钱罐儿？就是那个意思！你看，她们现在都想你了。"莫天盯着吴朗的眼睛，严肃地吓唬他。

"她们的灵魂为什么在里面？"吴朗战战兢兢地问。

"这叫换魂术，有人在用这个邪术复仇，把他仇人的灵魂统统锁进去，你母亲和妻子究竟有什么仇人……"

"这不是一个随意制成的娃娃。"华良打断了莫天的话，"很可能是按照某个特定的人做的。"华良将皮革展开，犹如一件缩小的连体雨衣。

他之所以这样推断，是因为上面有两处"多余"的细节。娃娃所穿的红色连衣裙是在皮革上用油漆涂出来的，第一个细节就在裙子的左胸位置。那里很精细地画着六朵黄色的小花，挨在一起，相互交错，组成一个十字架。第二个细节是后颈部位的三颗小黑点，那同样是点上去的油漆。单单是一个玩具或者邪术器具的话，这两处细节毫无意义，但如果娃娃有一个象征对象，就变得不可或缺，因为那正是对象征对象的定义。连衣裙胸前的十字架很可能说明娃娃的原型是一个教会学校的女学生，而后颈那三颗小点则是她的三颗痣。

这个女学生是谁，尚是个谜，但她的生命大概已经结束了。她因为某种原因死去，神婆祈求用换魂术把她重新带回这个世界。然后，神婆选择了程芳和何香玲。华良看向吴朗，相比刚才，吴朗显然更加害怕了。吴朗在怕什么？是因为莫天的话，还是因为他的话？

"如果真的是邪术作祟,它现在又跑到了我屋里,接下来死的会不会是我?"

"你不是不相信这个世界有鬼吗?你在害怕什么?"

华良定定地看着吴朗,眼前隔着一团新升起的迷雾。

10

高婕握着一支随意摇出来的签走出庙门口,来到一个眼睛没有问题的算命先生摊前,把钱和签一起奉上。

"姑娘求缘还是求孕?"

"求人。我想问个人,一个背着褡裢、外地口音的神婆。"

"神婆?从来没见过,一听就不靠谱。我才是这个镇子算命最准的,自打这座庙建成那天起,我就坐在这里。四十年,不诓不骗,童叟无欺,你找我算最合适。"

高婕没再啰唆,伸手取回她的签,问遍所有摊位,但是一无所获。她立在原地,四下张望着攒动的人群。当她看到最早搭话的那个算命先生手握三支毛笔在纸上画下符箓的场景时,一个空气块击中了她。

"算命师画符箓是不是必须用三支毛笔?"高婕重新站在了算命先生面前。

"这个镇上只有我能做得到。"算命先生画着符箓,头也不抬,"手夹两支,腕加一支,这是功夫。"

"我要找的人也能做到。"高婕说,"只是方法与你稍有不同。"

"哦?"算命先生抬起脸,"愿闻其详。"

"手夹三支,不用腕。"

算命先生脸上立马露出了胜利者讥讽的冷笑。"我刚才说了,我是这个镇子算命最准的,我也从来没有见过什么神婆。你被骗了,只有画工才那么握笔。"

他这么说并非出自对同行的贬斥,他对画工这个职业并不陌生,因为他身后的庙里就有他们的成果。他在这里坐了四十年,看过几千人的命盘,也看过十几次画工工作。第一次是画工为新盖成的庙宇绘制壁画,其余的都是对壁画的修缮。修缮工作进行的同时,不能打扰前来叩拜的香客,夜里光线又差,所以画工只能在天亮以后香客来之前的两个钟头里赶工。时间紧,任务重,画工大多练就了手夹三支毛笔同时绘画的本事。说到这里,他倒晓得高婕要找的人大概是谁了。

"你要找的女人来自南洋。"他用通晓命里的语气对高婕说。

高婕的眼睛亮了起来。

那个女人确实是个画工。十年前的某一天,她带着女儿来到妙山,就寄住在庙宇后面的房间里,靠修缮壁画为生。那是他这四十年里见过的唯一一个女画工。后来,她的孩子死了。她是用平板车把孩子推回来的,流了一路的水。第二天,她也不知踪影,只剩平板车立在庙前。

"她女儿，怎么死的？"

"一身泥水，应该是淹死的。"

"在哪里淹死的？"

"姑娘，"算命先生的嘴角耷拉了下来，"我是给活人算命的，看尸体可不在行。"

高婕再次走进庙中。在墙壁上的四大天王、十八罗汉狰狞的注视下，她穿过庙宇的内门。之后，她看到一个上了锁的八平方米左右的房间。窗玻璃后面，有一张小床，床旁边是一张带抽屉的桌子。高婕四下看看，掰断了生锈的锁扣。

她从桌子抽屉里找出了两张照片和几张符箓。第一张照片是一对年轻人的合影，两人穿着白衬衣，站在一栋有着优美曲线的三层骑楼前。骑楼上能依稀看见一些穿了衬衫或运动服的年轻人，他们趴在窗户上聊天，俯视。骑楼旁的篮球场上有另外一群年轻人。看样子，是一所大学。而两人身后那栋教学楼无疑属于典型的南洋式建筑。那个女学生笑得很甜美，她和神婆的共同点只有额头上的那颗痦子。她身旁的男学生五官端正，袖子挽到肘部以上，很干练的样子。

第二张照片里，男学生穿上了西装，头发梳到了脑后，端坐在沙发上。女学生则穿着毛衣抱着襁褓中的孩子坐在旁边。那是一个装修精致的客厅，有大理石地板和真皮沙发，沙发旁边放着一个画架。是一个富足闲适的家庭。

但是那个家庭后来因为某些变故不复存在了。年轻的父亲离开了那对母子，再婚或者死去。高婕的脑海中，虚虚实实的画面相互交叠。来自南洋的女子用板车推着女儿湿漉漉的尸体，缓慢地走在初来妙山时走过的那条蜿蜒土路上。那几张符箓，和出现在两处死亡现场的完全一致。高婕不清楚神婆在修补庙里的壁画时是否对那些怪力乱神怀有崇敬，不过在一无所有的时候，神婆选择了相信。日复一日，她变成了一个与过往截然不同的人。

照片中的婴儿和桌上的木偶娃娃在华良的思维中合为一体。现在，神婆的女儿以及死因成了最大的突破口。莫天手里的灵魂探测器再一次嘀嘀起来。

"你们有没有发现一个规律？"华良依然盯着照片，没有看高婕和莫天，"在这个被故意设下的迷魂阵中，程芳死于黑猫的'复仇'，何香玲死于胎儿的'复仇'。程芳摔死黑猫属于失手，胎儿死在腹中却是何香玲故意为之。被害者的过错在加重。假设这个规律成立，再假设接下来还会有受害者，而现在又查出了神婆的女儿在十年前意外身亡……"

"华良，你砖头抛得很好，我实在不得不说点儿金玉良言。"莫天一挥手打断了华良，"接下来死的人是吴朗，而他就是当年杀害这个南洋神婆女儿的凶手！她先杀程芳，再杀何香玲，就是让吴朗体会亲人惨死孤独无靠的绝望！"

"即使吴朗真杀过人，他也不会轻易坦白。"高婕双手插在裤兜里，走到门口。隔着玻璃，她看到吴朗在院子里失魂落魄地走着。他好像一下子瘦了很多，弓腰驼背，肩膀倾斜，像一件摇摆在风里的衣服。

11

吴朗从黑暗中坐了起来，沉沉地喘气。太阳出得太慢，他更依赖鸡鸣。鸡也不靠谱，都叫八次了，还能看见星星。

他已经两夜没有睡着觉了。黑暗里有团人形暗影，位置不定，总站在他的余光中，不靠近，不离开。门外有华良从巡捕房调来的看守，二十四小时负责他的安全，但他知道那根本没用。而且他很清楚，巡捕保护的不是他的命，而是杀死他的权力。总之他躲不掉了，棺材盖已经打开，无非是鹿死谁手的问题。那个叫华良的家伙一定已经看出了什么，他没再找过他，其实是在等他自己露出马脚，绝对是这样。他和他的两个手下早出晚归，望向自己的目光中总是带着些笃定的意味。

他拉亮台灯，对着镜台里的自己哭了会儿。当他擦掉眼泪，再次看向镜子时，看到了那团人形暗影。它挂在他背后，两只胳膊从他肩膀上耷拉下来，黑烟般的头颅就在他的脖子旁边。就算看花眼，重量也是真实的，还有真实的触觉，湿凉湿凉的。

自此，它没有再离开过吴朗的身体。不管他是去餐桌吃饭还是在院子里散步,都能感受到来自背后的重量。有时候,他还能看到有水从后背滴下来。妻子死的时候,他压根儿不相信这个世界有鬼,现在他成了最能感受这一存在的人。他的背后已经一片瘀青,用镜子可以看到,那是一张脸,时而笑时而哭,但是他没有对任何人讲。因为他明白,所有人只能看出那是一片瘀青,就像曾经的他一样,蠢如猪。他知道自己将如何死去,小时候就听过。鬼魂会压断他的脖子,让他的头滚落在地。那些蠢猪能发现的,就是他的肩膀越来越歪,背越来越驼,喘息越来越严重,仿佛一下子老了。

夜浓得像降落大地的水,不包含任何声息。吴朗游荡到了何香玲和程芳停尸的房间,在何香玲的尸体前站了会儿后,瘫软下去。他把头埋进何香玲的怀里,哭着使劲儿往里扎。何香玲的尸体正在膨胀,腐烂,他很希望能重新回到她的肚子里,变成蚕豆大的胎儿。然后重新生长,重新出生,完美躲避掉他肩上的鬼魂。鬼魂在他耳边张起了嘴,他能清晰地感受到那股冷风,以及风里丝丝缕缕的语言。

"你还记得小珍吧。"

吴朗的肩膀紧皱了一下,胡乱擦把眼泪,看向门口。华良、高婕和莫天都在那儿,莫天还一脸戏谑地朝他吐了个烟圈,看样子已经站在那儿有一会儿了。

"十年前你曾教过的一个学生,她跳进院子里的水井中自杀了。不久,你就辞了职。那么大的事情,你应该不会忘。"华良继续说。

吴朗深棕色的瞳孔放大了一下，像被石头击中的水，让华良想起了他探身望下去的那口幽深的井。那口井位于一座叫仁光学堂的小型私塾的后院，关押着潮冷的空气独自沉默。根据娃娃连衣裙上那个黄花组成的十字架图案的提示，他和莫天、高婕找遍了全上海的教会学校，最终来到了那里。

后颈处有三颗痣，死于十年前，无论哪一点都能让那位年迈的教师想起小珍。那个孩子是学期中间从外地转过来的，漂亮，文静，成绩好。但是就像他见过的一些十分优秀的孩子一样，她的周身包裹着一重那个年纪少有的忧郁。一开始，他以为那是一个内向的孩子来到一个陌生环境所致。然而随着时间推移，那重忧郁并没有变淡，甚至可以说更加严重了。她的神情中开始时常流露出恐惧的意味，眼神越来越恍惚，肩膀也缩了起来。为此，他曾找她谈过话。为了削减她的紧张，他特意把谈话地点从办公室改为后院。天气晴好的春日时分，后院的花都开了。她站在太阳底下，像一个独自待在冬天的人。尽管他带着足够的温暖和耐心，依然什么也没有问出来。她低头看着旁边的井口，等待问话结束。

"起初我以为，可能是周围的小朋友排斥她，也暗自留心观察，发现并非如此。是她在排斥其他人。好像因为某些原因，她害怕这个世界。那天过后大概一周，她就跳进了那口井。她的同桌在她的桌洞里找到了一封遗书。"

说着，老教师从办公桌抽屉的一堆文件下面抽出一个牛皮纸档案袋递给了华良。

"这个世界总有撒旦，我选择去天堂。"

那张所谓的遗书写在半张照片上，只有这一句话。铅笔字，字体稚嫩工整，给华良的感觉更像是一个小女孩在课堂上走了神，沉浸到昨晚与妈妈一起去看的电影之中，然后写下了里面的一句台词。照片上的小珍很瘦弱，留着半长的头发。不像老教师所说的那样忧郁，她手里拿着一束采来的野花，头上还插着一朵，对着镜头笑。她的身后是一片野地，另一只手消失在刻刀划下的斜斜的边界。"照片上还有别人。"

"兴许吧，"老教师说，"看她这么高兴，可能是和她的家人在一起。"

"她的父亲呢？"

"死了。"老教师看着空气中的某一点，缓慢地摇了摇头，"来这里报到那天，她的母亲告诉我，她们是从苏州过来的。家里出现了变故，她带着孩子出来讨生活，在妙山修壁画。"

老教师站起来，走到窗前，看了一会儿那口井。"她父亲的事是后来出事以后我才听说的，我想，这和她的性格问题应该多少有些关系。孩子太小，承受不了。"

"她母亲的下落你清不清楚？"

"不清楚。出事以后，再也没见过。"

华良继续翻看档案袋。里面还装着几份剪报，都是对当年小珍跳井的新闻报道。其中一篇，是对全体任课老师进行的采访。就是在那篇报道里，华良看到了吴朗的名字，他是小珍的国文老师。接着，他又看到了小珍的全名，便把报纸和照片装进了档案袋。

徐幼珍。

对着墓碑，对着整个事件被埋没的入口，华良三人沉默了许久。星斗从他们背后升起，点点光亮，连成各种图案。只有吴朗与徐幼珍的死有直接的关联，别墅的整件闹鬼事件才能从逻辑上连为一体。为了复仇，小珍的母亲精心布置，操纵人心。她现在还隐藏在妙山村的某个角落，或许就在不远处的某个山洞中窥视着他们。吴朗没死，她绝不会就此离开。这并非他纯粹的推断。他的眼睛盯着墓碑前放着的那两个橘子，橘子的皮已经被剥掉了，上面的白色筋络也全都仔细地摘除了。能对一个死人的祭品如此细心的，只能是这个死人的母亲。

一刻钟后，华良三人来到了吴朗面前。

"那段时间，你是仁光学堂里唯一的国文老师，也一直在那里教学。出事半个月后，你却突然辞职了。"莫天煞有介事地走到吴朗面前，盯着他走了一圈。"你可以不说，可我就是知道你十年前的春天干过什么。让你说，可是在帮你。"说着，莫天就从裤袋里掏出了那半张小珍的照片。

"我什么也没干。"这句话，吴朗并没有说出口。他肩膀斜垮，浑身颤抖，直勾勾地看着莫天手里的照片。他先是看到自己背后那团黑影蹿到了照片上，接着又从莫天的脸上看到了小珍的脸,从莫天的声音里听到了小珍的声音。

"你们谁都帮不了我!"吴朗用头把莫天撞了个趔趄,像头疯牛一样冲出了房间。随着那一撞,小珍被震了出去。他看得清清楚楚,小珍在空中像一块镜子一样向四处崩碎,每一片又都变成一个身影,追赶他。只要他跑过一块玻璃,不管是窗户还是镜子,都能从中看见她。她在玻璃中摇头,后退,哭泣,颤抖,浑身湿漉漉的。没有比这更可怕的事了。他在别墅里横冲直撞,推开阻拦的仆人,推开张清泉,用拳头击碎所有玻璃。华良远远跟在他身后,一脸平静。手下在大门口守着,手里握着上了膛的手枪。只要他出不了这个院子,他就是安全的,就终有开口的时候。

吴朗又朝客厅那面落地镜举起了他滴血的拳头,但是他像定格一样停了两秒钟。之后,他踩着一地小珍的碎影,缓缓朝前走去,身子越来越瘫软。他跪瘫下去的时候,华良看到了从吴朗身前闪现出来的如意。

吴朗双手抱住如意的小腿,不停地跟她道歉。他的头接连不断地磕在地上,磕了一地血。莫天斜着眼瞅着,凑到华良身边,"看,真疯了。是个孩子在他眼里就是小珍。""瞎扯,你没听见他叫的是如意的名字吗?"高婕在华良另一侧说,"难道他对如意还做过什么?"

如意不断倒退,吴朗不停往前爬,涕泪横流。最终,张清泉快步过去,将吴朗扶了起来。张清泉毫无意外,还带着些许安慰,那是知晓始末的神情。吴朗被仆人扶回房间后,华良朝张清泉走了过去。

12

华良与张清泉的谈话是在书房里进行的。张清泉把华良领到这个自己都不怎么来的场所倒不是因为他认为所谈的话题太过私密,而是他怕如意听到,让她再次受到惊吓,也怕妻子吴素文听到,跟他争吵。

"华探长,首先我想明确的是,那件事不怪吴朗,他无须承担任何责任。他心中的愧疚也只是出自他的善心。"张清泉摇动着手里的烟卷,眼神在烟雾中定住,悠闲中透露着深沉和执拗的意味,"最近家里发生的事你也都看到了,怨灵是确实存在的。一个问题出现,就要用同等逻辑圈层中的方法去应对,永远没有错。"

张清泉接下来说的事情发生在如意刚记事的时候。那一次,也是他带她去妙山逛庙会。当天夜里,如意忽然坐起来就开始哭。哭了一会儿,她又下床往院子里走,怎么拽怎么喊都没有反应。张清泉一看便了然了,她是被鬼魂附了身。庙会时节,百鬼夜行,稍不注意就会撩到谁的头。如意就这样持续哭闹了三个晚上,夜夜高烧,夜夜哭醒,夜夜梦游。西医中医都看了,毫无效果,对此张清泉当然毫不意外。换句话说,他找来医生的目的很大程度上就是告诉吴素文,他才是对的。

第四天,他把吴素文支出去后,托吴朗找来了精通驱邪之术的族人。法事在家中的一个房间进行,张清泉将如意抱进去,他看到了升起来的炉火,看到了绳子、火钳和荆条。吴朗把他劝了出去。

"他怕我承受不住。"张清泉的脸红了起来,仿佛火焰仍在他旁边炙烤,"但我很清楚,我们是在跟魔鬼拔河,救我女儿的命。"

当时的他倚在门框上,即使看不到,也完全想象得到里面的景象。如意会先被用绳子捆住,然后接受荆条抽打和火钳夹指。凌乱的脚步是驱邪的舞蹈,驱魔者的咆哮阵阵不息。如意的尖叫声像火一样四处流窜。荆条不时抽打在皮肉身上,发出刺耳的嚣叫。驱魔者敲打着牛皮鼓,越来越亢奋,声声擂在张清泉的胸膛上。他受不了了,从口袋里掏出了匕首。

"华探长,你看,我不心疼吗?"张清泉解开衬衣左袖扣,挽了上去,一道道紧挨在一起宛如鱼骨的白色疤痕露了出来。"一共十三刀。半个钟头的时间里,我崩溃了十三次。实在是受不了。不过那半个钟头还不是最糟糕的时刻。"

还有更加糟糕的时刻。门打开他冲进来时,如意已经被荆条抽得全身都是血印子。血从她的每一块指甲下面流出来,接连不断地往地上滴。最要他命的是绳子,绳子的勒痕竟然在如意的脖子上,而绳子搭在晾衣架上,末端系了一个环扣。也就是说,在那半个钟头里,绳子一直勒着她的脖子。那一刻,张清泉有过一瞬间杀死驱魔人也杀死自己的冲动。

"她妈妈回来后，跟我大吵一架。吵就吵吧，我当然能理解她。但是要想把一个邪魔从身体里拉出来，就不得不蜕一层皮。当天夜里，如意一直睡到天亮，没有哭闹，没有梦游，睡得很安稳。她完全好了……"

张清泉仍在絮叨着，但他的话无法再形成新的内容，以一团云朵的形状蛰伏在华良耳边。那是出现的新谜团。为了辟邪，如意接受的法事是用火钳夹手指，用荆条抽打身体，以及绳捆脖颈。而程芳死的时候，她双手的指甲全部被剥除了，何香玲的尸体被发现时，身上缠满了荆条，遍体有被抽打过的痕迹。两人的尸体特征与如意在法事上受过的折磨恰好相合，这仅仅是巧合？

"法事进行的时候，除了吴朗和驱魔人，房间里还有谁？"

"还有吴朗的母亲和妻子。"张清泉有些茫然地抬起头，"两个女人陪在里面，如意会没那么紧张。"

"那个驱魔人现在在哪里？"

"听说去年冬天去世了。是个老人，年岁也到了。"

走出书房后，华良坐到客厅的沙发上，思维不停。如果那不是巧合，会是什么情况？横向思考，这个巧合会让人猜测，如意为了报复，杀害了程芳和何香玲。因为做法事的时候，这两人就在她身边。但是这种猜测经不起推敲。一个为女儿报仇的母亲会用这种细节上的巧合，让调查方向转向一个无辜的孩子吗？应该不会，因为在神婆的作案逻辑中,都是把"凶手"设定为复仇的"怨灵",她根本没有必要再为自己找一个替死鬼,何况让一个孩子做替死鬼也没有人会相信。难道,神婆在出于自己的目的杀害这两人的同时,在细节上安慰了如意?但是,她真的有必要如此吗?接下来,她还会继续用绳子把吴朗勒死吗?

那天的法事之中,除去如意,还有四个人。华良从茶几的果盘中拿起一个苹果,抄起水果刀,将苹果切成四块,摆在面前,一口吃一块,吃掉了三块。剩下的那块他没动,就一直看着它慢慢氧化,布满血丝,就像浮现在他脑海里的窒息的吴朗不断鼓凸出来的眼睛。

13

一把锈成铁疙瘩的锁把房间隔离。木门上黑漆爆皮,布满裂纹和蛛网。一看便知,这里已经很久没有进过脚了。但是现在,里面有一些动静。

高婕站在窗外,向屋里凝视。屋里亮着一盏烛火,跃动的光亮映衬出灰尘中的陈旧。她看到靠墙的木架上摆满了布娃娃和毛绒小动物,而如意背对着她坐在木架下的小桌旁,头低着,仿佛在做什么东西。一时,高婕恍惚觉得屋子里的时间与她所处的时间并不一致,如意也仿佛是一个活在过去的人。

高婕来到这个房间纯属意外。她在夜半时分毫无征兆地醒来，感觉上更像是谁把她叫醒了一样，睡意全无。夜静得出奇，别墅像一座变化不定的迷宫，她走出房间，在被注视的感觉中行走。如意房间的门虚掩着，她看到从被子中伸出来的木偶娃娃的脸。如意再次把娃娃拿回自己屋子了，但是她并不在床上，今夜她还是睡在父母的房间。走出房间的时候，高婕看到隐隐的光亮晃动在走廊尽头。

如意是从窗户爬进那间屋子的，窗台上有她的脚印。高婕想敲窗户叫她，但又转念放下了手。本能告诉她，倘若贸然打破当下的寂静，或许会同时打断某种隐含的线索。她轻步下楼，叫来华良和莫天。但这时，走廊上已经漆黑一片，窗台上的脚印也不见了。

"我说，你不是做梦了吧。"莫天说着打了个哈欠。

高婕白了他一眼，推窗跃进了屋子。三人在浓烈的陈旧气息中分别打亮手电，打量各处。所有的木头家具都在无声地开裂，画下时间的刻度。高婕手中的光束照在如意先前面对着的小桌上，五个排列得整整齐齐眼洞森然的玩偶闪现了出来。十只玻璃球做的眼睛堆成一堆，摆在玩偶的面前。那堆眼睛旁边，是一只铅笔刀。

五个布艺玩偶里有两个娃娃，两只狗，还有一个是只咧着嘴笑的猪。它们只是玩具，但具有了生命的外形，就具有了生命的某种属性，她把手电照向木架，光柱中的情景让高婕不禁倒退两步——木架上摆满的玩偶全都没有眼睛，像一具具骷髅。如意为什么要在深夜爬窗进屋，抠掉它们的眼睛?

华良继续打量屋子。他在脚下发现了一摊深色的污迹,形状很像一只猫。他俯下身,用手拂去灰尘,发现了几根纤细的黑色绒毛。曾经有一只黑猫在这里死去。华良想起了程芳,以及她曾经摔死并为此惴惴不安的那只黑猫。这里很可能就是她当年摔死猫的地方。光柱在屋子里缓缓变动位置,照亮了一个竹竿做的落地式晾衣架。华良手中的光柱抖晃一下后,稳稳地定在了衣架上。

衣架上挂着一截粗麻绳,麻绳的末端打着一个环扣。一个可以把四五岁的孩子的脖颈套进去的环扣。

脑海里仿佛有个开关打开了,华良的手一搭上麻绳,那些飘浮在光柱中的灰尘就凝聚成了如意被绳子吊住脖子、双脚悬空的画面。驱魔人敲打牛皮鼓,用荆条不断抽打她的身体。尖厉的哭喊声,含混不清的咒语,荆条抽打身体的声音,像风一样灌进华良的耳朵。

"这里就是当年驱魔人为如意做法事的地方。"华良转过头,对身后的两人说。

"我明白了。"高婕说,"这里以前可能是如意的玩具房。而如意之所以会挖掉它们的眼睛,是因为她觉得它们看到了驱魔的过程。而那个过程对于她来说,是无比痛苦、一心想忘记的心结。"

莫天缩着脖子四下打量,干抽了一口已经熄灭的烟斗。在这栋连死两人的别墅中,在这间阴暗污浊的屋子里,他心中产生了一种诡异的假想:即使从程芳和何香玲的体内找到了毒素，但那也只是障眼法，真正的凶手还是一个鬼魂。那是如意的鬼魂，她其实死在了那场驱魔法事之中，就是被华良握在手中的绳子吊死的。而他们看到的如意，其实是一个幻象。这里的一切都是幻象。就在他想象"真实"的别墅是一个如何残破的荒凉场所，已经回房睡觉的如意是否恢复为一副白骨时，一楼侧边传来了惨叫。

那无疑是吴朗的声音，沉闷沙哑，仿佛被人攥住了脖颈。三人跑下楼去时，惨叫声消失了。在吴朗门外看守的巡捕已经晕倒在地，右侧太阳穴鼓得像一个鸡蛋。房门开着，吴朗跪趴在床头柜边，左手攥着自己的脖子。柜子和地上淌满了他的血，黏稠得像油漆。台灯发出的是暗红色的光，因为灯罩上也同样布满了血。那把一直在客厅果盘里放着的水果刀此刻就在吴朗的脚边，沾满血迹，正是把吴朗的喉咙割出数条口子的工具。

吴朗脖子上那几条竖形的口子相互交错连在一起，浓稠的血块向外涌动、淤积、翻腾泡沫，从吴朗左手的指缝流出来，在柜子上漫延，再顺着柜壁淌到地上。喷到白墙上的血鲜艳醒目，也在一行行向下淌。那些口子显然都是吴朗自己割的，因为铁丝上的刀痕大部分在里侧。而且除去那道割断颈动脉的斜口之外，都算不上深。

华良闭上眼，在胡乱交错的血口的影子里，他看到吴朗透明的身影从尸体上站起，倒退，回到了床上。台灯也随之熄灭。黑暗之中，一个敏捷的黑影击晕了负责看守吴朗的巡捕，悄无声息地来到吴朗床前，将铁丝勒上了他的脖子。当注射了镇静剂的吴朗忽然在黑暗中睁开眼睛的时候,他已经无法呼吸,恍如在深海中醒来。出于自卫,他在睡觉前把水果刀放在了床头。那个黑影就站在亮起的台灯旁,血色的灯光里,看着他把自己划得乱七八糟。

终究,吴朗还是死了。他的死法也依然与如意经历的那场法事吻合。华良检查地面,但一副可疑的脚印都没有。他走出去,带上了门。高婕已经检查完了那名巡捕的伤势,除去太阳穴处的撞击,他的后腰上还有一处瘀青。

"凶手应该是先从身后袭击了他的后腰,又击打了他的头部,把他打晕。"

巡捕后腰上那道瘀青是条形的,看样子,对方用的是木棍一类的钝器。华良打着手电一寸寸地查看走廊地面,一直看到客厅门口,脚印纷杂,无从辨认。之后,他坐在黑暗中的客厅,看着窗外的天空一点点褪色。景物逐渐显形,但是迷雾一点也没有散。

截至现在,已经有三个人死去。他不知道在新的一天里,是否还会有其他人死去。即使不会再有,神婆的行踪和辅佐她杀人动机的证据也还都没有搜寻到。这意味着,如果她就此罢手,她就将永远消失,谁也找不到。就像太阳坠下山去,把黑夜像降落伞一样撑起来,她将把谜团永远留在他的心里,并成为张清泉一家人的梦魇。现在还跪趴在床头柜上的吴朗究竟对那个叫徐幼珍的女学生干过些什么?这场连环凶杀案又和如意当年经历的驱魔法事有何关连?神婆现在究竟在何处?带着这些疑问,他靠在沙发上眯了一会儿,直到那阵急促的脚步声来到他身边。

14

华良睁开眼,看到的是张清泉惶恐的脸。

"吴朗是不是死了?"张清泉战战兢兢地问。

"你是怎么知道的?"

"画。"张清泉哆嗦着嘴唇,又说了一遍,"画。如意又中邪了,又在墙壁上画了古怪的画。"

醒来的时候,张清泉先看到的不是画,而是棉被上抹得乱七八糟的血迹。起初,他以为是如意夜里流的鼻血,但是如意的脸干干净净。她还在他和妻子中间睡着,保持着昨夜闭眼时的姿势,枕着左臂,朝他这边侧躺着。他已经很久没有睡那么沉了,一夜到天亮,而且困意仍盘踞在他脑部。平素一向比他早醒的妻子也仍然在睡,还罕见地打起了鼾,鼾声听起来是那样陌生。他顺着血迹翻开被子,看到了如意被染红的右手手心,才知道那其实是颜料。

他立即坐起身,把睡意甩下床去。接着他就看到了那幅画,就画在他正对着的墙上。依然是风一般凌乱的线条和勾勒得足够准确生动的脸。他一眼就认出,画中人是吴朗。吴朗趴在床头柜上,大睁着双眼,被绳子勒紧了布满血口的脖子。血从伤口和他大张着的嘴里淌出来,形成一条河流，把他淹没。

"我不知道她什么时候画的，她自己更不知道。"张清泉在华良眼前焦躁地走着，"还得驱邪，还得驱！她那么小，怎么能画出那样的画来？肯定又是什么东西上了身……"

"二楼那个上锁的房间，就是当年给如意驱魔的场所，没错吧？"华良打断了他。

张清泉一愣。"你怎么知道的？"

华良没回答，继续说："昨晚，如意还曾进过那个房间。"

"不可能，她不敢！我还上了锁！"

华良没再说话，起身去了吴朗的房间。血腥味飘荡在浑浊的空气中，让他有些反胃。他轻抚着自己的脖子，把意识抛进眼前那副雕塑般僵硬的身体，去体验吴朗生命的尽头。他的脖子被铁丝紧紧箍住，无法呼吸。他操起刀，拼命解救自己，直到划开自己的颈动脉，直到再也站不起来……华良猛然睁开眼睛，转头望向门口。张清泉正在门外哆嗦着向屋里张望。

吴朗为什么不冲出房间求救？这显然有悖于人的求生本能，除非他冲出去之前，有必须要先完成的事情。

吴朗趴在厚实的樟木柜上，已经开始混浊的眼睛落在自己已经干涸的血上。他的姿势就像是守着一个秘密。华良的视线下移，看到了柜子的抽屉。锁孔以及周围有一小块手指留下的血迹，从桌面上流下去的一行行血迹经过它，让它没那么显眼。

娃 娃

华良去拉抽屉，抽屉发出了一声闷响，纹丝不动。他从抽屉下方拍了几下，声音很空洞。里面有几样很轻的东西碰撞木底，发出细碎的声音。吴朗的睡衣口袋里没有钥匙，只有流进去的血。华良起身，环顾四周，最终将视线落在了窗棂上。

朝阳照亮华良的眼睛，也照亮了窗棂上那一处细小的划痕。窗外的池塘波光涌动，不时可以看见鲤鱼游走留下的痕迹和水泡。两个钟头后，莫天挽着裤腿，甩着泥水晃到了他面前，得意地伸出了自己的右拳。

华良接过钥匙，插进锁孔。随着钥匙的旋转，锁舌发出了一声清脆的簧音。

15

抽屉里只有五个纸袋，方方正正，烟盒大小。每一个纸袋上，都用碳素钢笔写着一个名字：丽娜、幼珍、小慧、白云、小华。每一个纸袋里，都装着一颗牙齿，小小的，让华良想起温驯弱小的食草动物。

高婕对牙齿进行了鉴定，全都是人的乳牙。其中丽娜的牙齿上还粘连着已经干枯的血肉，应该是尚未脱落就被人揪下来的。从字迹的褪色程度来看，五个纸袋上的字应该都写了十年左右，而且之间的时间差不超过一年。

看名字，这些牙齿的主人都是些女孩子。吴朗为什么要收集甚至生生揪下那些女孩子的乳牙？他对这些女孩子做过什么，以致徐幼珍会对世间充满绝望，跳井自杀？这些谜题让华良再一次来到了徐幼珍曾经就读过的仁光学堂。

接见他们的依然是上次的老教师。薪水微薄，局势动荡，教员流动性大，除他以外，私塾里的其他教师都是五年内来任教的，并不知晓吴朗和徐幼珍。关于十年前的吴朗，老教师的印象是懦弱寡言，一副书生气，但是对学生很好，也负责，绝对算得上是个能对知识起到启蒙作用，而非仅仅机械式教授的好老师。

"他和徐幼珍的关系呢？"华良问道，"我的意思是，徐幼珍怕不怕他？"

"怕？"老教师有些意外，"为什么要怕？上次我讲过，那个孩子一向沉默，不合群，大概跟任何人都有距离，但是要说她格外害怕吴老师，我倒是没有印象，也没有理由嘛。"

华良点了点头，从口袋中掏出了那五个纸袋，并列摆在老教师的办公桌上。

"幼珍……小慧……"老教师扶着眼镜辨认着纸袋上的名字，然后拿起了中间的那个纸袋。他对"丽娜"这个名字也同样印象深刻，那个学生的全名叫张丽娜。那是一个长得好看，学习成绩又非常好的学生，但后来却无缘无故地退了学。他为此惋惜了很久，如果没有退学，她肯定会拥有截然不同的人生。他记得，她和徐幼珍是同班同学。

还有那个小华，如果没记错，她的全名叫张小华，和这两个女生也是同班，而且还是徐幼珍的同桌。小珍出事后不久，她就退学了。

"毕竟是挨小珍最近的孩子。"老教师看着桌面，缓缓地说，"小孩子就是一群小猫，胆子太小，外界稍微有些波动就会变成心里的阴影。更不必说是这样严重的事。"

"这个小华现在在哪儿？"华良继续问。

老教师摇了摇头。这年月，退学是每个学校最常见的事，几乎每天都有，他不可能挨个儿去做家访，去持续关注他们的去向。不过张丽娜他倒是去劝过几回，因为她真的太优秀了，不该轻易断送自己的前程。"如果你们想去，我可以带……"嘎啦一声，张丽娜的牙齿从纸袋里掉出来，他的声音戛然而止。

老教师把华良三人领到了张丽娜的家。他印象中那座崭新的房子仿佛一下子就旧了。开门的是张丽娜的母亲，眼神中的陌生也让他感到了确切的距离。这让他更加想快一些看看他昔日最看重的学生。在重新介绍了自己和身后的华良三人后，他清晰地看到那个妇人的眼中有什么东西迅速撕裂了。

张丽娜的房间反锁着，这是这里和十年前唯一相同的细节。几人进屋时，一只苍白细瘦的胳膊正从房门上抠出来的一个洞伸出来，手里托着一只碗。张丽娜的母亲没有在那两秒钟的静止中准时赶到，所以那只碗就变成了地上的碎片。接着，那只手迅速抽了回去。

　　张丽娜的母亲叫了会儿，老教师叫了会儿，门里依旧毫无动静。母亲已经整整十年没有见过张丽娜了，吃饭喝水靠门洞传送，梳洗总是在深夜。一个房子两口人，每个人都独自对抗时间。出于担心和想念，母亲曾发动过数十次失败的"突袭"。她会整晚在沙发后面"埋伏"，等女儿开门，然而对方就像深山中成精的狐狸，仿佛能依靠第六感感知到她飘浮到空气中的念头，然后整夜不出。她倒是靠趴在自己卧室的门上，凭借女儿猫一样轻快的脚步声和流水声成功将其堵在洗手间几回。不过这时，女儿便开始在洗手间打滚号叫，即使她已经在脚上缠了毛巾，以确保发出最小的声音——几次均以她退回到自己卧室并将门关严结束。于是她期待着女儿的头发再一次长长，将洗手间地上铰下来的头发合成一绺是她触碰她的唯一方式。十年里，那些积攒起来的头发被她编织成了一件件毛衣。女儿在长高，毛衣也在变大。不过在她的印象里，女儿的脸一直是八岁的样子，那个从深夜的门缝中窥得的瘦长黑影时常让她感到陌生。

　　华良来到门前，静立半分钟后，将手伸进了门洞。十分钟以后，门开了，穿着破洞睡衣的张丽娜畏畏缩缩地走了出来。她及肩的打了不少结的头发把脸遮得更加狭长，由于久不见光，她的脸十分苍白，瞳孔的颜色也很淡，整个人像放在柜子里慢慢褪色的物件。她没有瞟流着泪的母亲一眼，也没有跟老教师打招呼，而是久久打量着华良的制服。

被母亲搂着坐到沙发上以后，张丽娜把华良从门洞递进去的徐幼珍的照片放到了茶几上。她低头看着茶几，想说话，嘴唇动了数下才发出声音。

"我并不认识徐幼珍，她去仁光学堂的时候，我已经退学了。"

张丽娜并不认识徐幼珍，那是老教师的记忆偏差。实际上，她退学在徐幼珍进私塾前的两个月。知道徐幼珍是从报纸上，读报是她躲在房中的唯一消遣。尽管没有任何证据，但她知道这个女孩子的死一定跟吴朗摆脱不了关系，因为死同样也是那段时间盘桓在她脑海中的念头。之所以没有真正行动，是由于本能的恐惧。如果死只是一道栅栏，她一定会毫不含糊地跨过去。

关于报纸上印的那口井，也是一想起就让她不寒而栗的存在。因为吴朗曾不止一次威胁她，如果把事情说出去，他就会换个地方给她洗澡。"去这里面最好，没人看得见，也没人听得到。只有你，和爸爸，水井会让你知道这个世界的冷，爸爸的暖。"

说这话的时候，吴朗一手拎着她的衣服后背，一手捂着她的嘴。她悬浮在空中，脚蹬踏在井口的上方，绝望如被鳄鱼咬着在空中甩来甩去的羚羊。她还记得自己在学校待的最后一天，吴朗再一次在放学的时候把她叫进了办公室温习功课。她的功课很好，不用温习，但是其他老师和同学都认为，她的成绩好正是吴朗负责的体现。学校一空，吴朗便夺过她手里的书和笔，关上门，把窗帘拉得不透一丝光亮。然后，他把热水倒进洗衣服的木桶里，脱掉她的衣服，让她坐进去。就像以往的流程一样，洗完澡以后，他从皮包里拿出一块尿布，裹在她的下体上。

那一次，她没有哭。仿佛忽然开了窍，她一下子清楚该如何终结当下不愿意面对的一切。她扯下尿布扔到了他脸上，然后告诉他，从明天起，她不会再来学校了。意外在吴朗脸上凝固，渗入皮肤后变成狰狞。他笑着朝她伸出了手，在她脸上轻轻地抚摸。

"爸爸对你不好吗？你都八岁了，除了我，谁还能这么照顾你？"他把她抱到自己的腿上，用搭在肩膀上的毛巾给她擦头发，"爸爸有过几个女儿，都没有你乖巧聪明，所以爸爸不要她们了，把全部的爱都给你。即使这样，她们也没有一个跟我说过这句话。因为她们还在等待爸爸的爱。"

"还有谁？"她的眼睛和肩膀同时抖动着。

"不重要，我已经忘了。你是在争宠吗？"吴朗微笑着抚摸她的头，"爸爸现在最希望的事情，就是看着你在我的照顾下一点点长大。现在告诉我，明天还来不来学校继续读书？"

"不来。"

吴朗没有再说话，脸上的肌肉开始跳动，鼻孔里呼出暴烈的气息。他的双手从她的肩膀滑下去，那种感觉她到现在都无法忘记。仿佛他的手透过皮肤插进肉里，停留在那儿，变成了永久的风湿。接着，他的左手忽然伸上去，摁住了她的颌骨,右手伸进她嘴里,硬生生掰了一颗牙下来。

"我这里有你每个姐姐的成长足迹,你的我也要珍藏。"他用毛巾把她顺着嘴角流下来的血细心抹掉,又用舌头舔掉了那颗牙齿上的血迹。接着,他的两行泪就流了下来,砸到她的脚面上,像硫酸。"孩子就是这样,翅膀硬了,就会把父母抛弃。即使你此刻这么浑蛋,我也无法对你发火,不过自私的孩子是无法知道爱的感受的。你走吧,忘了爱你的爸爸,再从臭男人的伤害中感受爱。"

他用充满怜爱的眼神看着她,看得她发慌。但是他的左手箍在她后颈上,她无法逃脱,何况那只手上的力还在加重。忽然,他扬起右手,抽了她一巴掌。他开始在她恍惚的视野中咆哮,声音忽远忽近,更清晰的是他口腔里浓重的臭气。

"婊子!贱货!为什么要这样对我!我对你那么好!"

在噼里啪啦的巴掌的影子中,张丽娜退回到母亲的怀中,剧烈地抽搐起来,许久才平静下来。华良从口袋中掏出五个纸袋,摆在张丽娜面前的茶几上。张丽娜伸手的样子像是去摸捕猎夹上的一只土狼,触碰到写着自己名字的纸袋后,她的左手下意识地护到了嘴唇上。

"除了徐幼珍,你还知道谁?"

"徐如云和张小华,她们是我的同学。范小慧比我高一个年级。我从来不知道她们遭遇了和我一样的事情。"

"她们的家你有去过的吗?或者知道她们住在哪里?"

回答之前，张丽娜先想了会儿，确认自己的记忆是否出了问题。最终，她还是摇起了头。

起身前，华良告诉张丽娜，吴朗已经死了。莫天对着她把手放到脖子上，像锯一样锯了两下。"你放心，那畜生死得很惨。"

走到院门口时，华良回过头，看到了张丽娜。她在母亲的拥护下走出了屋门，像一只第一次走出领地的猫，小心、紧张。她站在一小片阳光里，左手握着母亲的手，右手攥着自己的乳牙，朝华良露出了一个难以察觉的微笑。这是在沉重的迷雾中，华良唯一感到轻松温暖的瞬间。

16

华良等人再次来到了那个堆满无眼娃娃的房间。神婆的每一次谋杀都与这里笼罩着陈旧灰尘的驱魔时刻相关联。眼下，这里是唯一有可能挖掘出什么的场所。

翻箱倒柜，全部娃娃、毛绒玩具逐一检查。半个钟头之后，一扇隐藏在橱柜后面的上了锁的小门出现在了三人眼前。华良从口袋里掏出钥匙，把钥匙扣捋直，捅开了铁锁。

里面摆着五个娃娃。和如意抱的那个一样，是用木头做的。华良用雕刻刀分别在五个娃娃身上划了一刀，刀尖顺着切口，可以从娃娃表面挑开一个薄层——同样地，那是一层人皮。

华良将柜子上的布偶一股脑儿扫到地下，将五个娃娃摆到上面，退开两步细心观察。五个娃娃都不一样。从左边起，第一个娃娃头上粘着灰白色的头发，第二个娃娃浑身是血，从第三个娃娃开始，则没看有任何不同的特征。端详了一会儿后，华良跨步上前，将后面三个娃娃的头都掰了下来。从最后一个娃娃的肚子里，倾倒出了十枚带血的指甲。

"程芳的指甲。"高婕满脸意外。

娃娃的顺序重新排列，肚子里装着指甲的娃娃被调到最左边。第二个娃娃的头发应该是何香玲的，它摆在第二个。沾满血的娃娃放在中间。最先死的是程芳，第二个死的是何香玲，两个娃娃身上分别有这两人身体的一部分。中间的娃娃也带着第三名死者的东西——它身上干涸的血曾在吴朗的身体里流淌。但是在它们后面，还摆着两个娃娃。意识到这场连环的谋杀仍没有结束，华良全身起了一层鸡皮疙瘩，皮肤和骨头之间骤然凝结了一层冰晶。

现在是上午十点，但是天很快就会黑。别墅里的人，除去他们三个，加两个轮岗的巡捕以外，还有仆人两名，被他滞留在这里的与张清泉同来的三个故友，以及张清泉妻子的族人五名。当太阳出来，谁会成为下一具尸体？

截至现在，死去了三个人。神婆为复仇，杀死了吴朗。在杀他之前，神婆先让他感受到了失去一切亲人的痛苦。

或者，本来神婆可以不用杀程芳和何香玲，但是她意外地知道了如意当年经历的那场驱魔法事，深感痛苦，下意识地把如意当成了自己的女儿。所以除去已经死去的驱魔人和她决心杀掉的吴朗，她把当天参与驱魔法事的程芳和何香玲也一起杀掉。把这些活在如意身边的记忆点统统抹除，让她的将来轻松一些。又或许两种动机都存在，或者又都不存在。如果都不存在的话，还存在着哪种可能性？带着死者身体一部分的三个娃娃又是谁放进如意的玩具房的？连日来发生的事情，像电影画面迅速在华良脑海里流转，从厨房腾起的大火一直到此时此刻。他脑海中的最后一个画面是，如意抱着娃娃站在深夜中的楼梯上，看着他的眼睛说："它是我唯一的朋友。"

"神探，你去把如意支开。"华良吩咐莫天，"随便带她去哪里逛逛。"

在莫天带如意回家之前，华良从如意的房间里找到了她的图画本，并在此后与张清泉再次进行了交谈。

图画本变得不一样了。华良清晰地记得，那天在那几页稚嫩的蜡笔画后面，曾闪出过另一页的边角，是和墙壁上如出一辙的凌厉狂乱的线条。但是现在，他看到的只有空白的纸张，只在画册的最后一页是一幅场景温暖笔法稚嫩的水彩画：在金色的夕阳中，摆放着一张铺了纯白色餐布的长餐桌。餐桌摆在别墅院落的中央，餐桌中间是一只插了红色玫瑰花的白色长颈花瓶，花瓶周围是一碟碟丰盛的菜肴。除此以外，餐桌上还有七副碗筷，其中六副分别摆在长桌的两侧，剩下的一副摆在长桌顶端。就是从这样一个夏日傍晚的温馨时刻里，华良感到了一股凉意——画中没有一个人。没有人就座，也没有人从别处走来。夕阳旁边那片彩霞像一摊缓慢流淌的血泊。

　　为什么画中是七副碗筷？孩子画画最在意的就是数人数，画中与人有关的事物也一般都会与心中所想着的人一一对应，数量上很少出错。如果如意画的是自己和父母，就像画册开头那几页一样，只需要三副而已。带着这个疑惑，他把图画本卷成筒，插进了自己的制服内袋。

　　他与张清泉的谈话依然在书房里进行。在那被雪茄烟雾笼罩的半个钟头里，华良没有听到他想得到的答案。在那场驱魔法事当中，除如意以外的人，只有驱魔人、吴朗、程芳和何香玲。而现在，他们都已经死了。也就是说，如果神婆是以铲除如意的记忆点而杀人，那她将不会再有目标。华良走出弥漫着烟雾的书房，来到院子中央。他所站的位置在如意的画中摆放着餐桌，七个虚无的影子围绕着他，他看不清他们的脸。他抬头看了看天，太阳在他头顶，已经是中午。

　　莫天带如意回来的时候已是下午两点。莫天把如意扛在肩上，一只手扶着她，另一只手提着一网兜橘子，脖子上挂着一部照相机。两个人的脸上都流露着与别墅里的人截然不同的神情，想必过去的几个钟头是轻松的。

"我带她骑了马,看了猴,吃了不少好东西!"莫天把如意放下来,乐呵呵地对吴素文讲,"没骑够,一下车就往我背上跳!这小丫头比看上去可重得多!"

"莫少爷,辛苦你了。这孩子一玩儿起来就不会累。"吴素文带着歉意地笑说道。

"不辛苦,我正好缺个伙伴。明天我还带她出去玩儿。"

看着吴素文领如意进屋,莫天舒了口气,"这个年纪的孩子就该这样无忧无虑,不该被这幢阴森的鬼屋囚禁"。

"但她已经在这里了。"华良看着如意的背影,插进裤袋里的手感受着金属的冰冷尖锐,"记忆是无法抹除的。"

"就你看得明白!"莫天把橘子往华良怀里一塞。看华良从网兜里拿出一个橘子看看,不剥,继续从兜里翻腾,他不耐烦了,嘟囔了几句,嫌他事儿多。"都是我精挑细选的,没虫眼儿!"

"怎么长得不一样?"

"世界上哪有两个同样的橘子!"

"品种不一样。"

"那你要啥样的?"

"小一点儿,扁一点儿。"

"那个啊,妙山这边没有。"莫天一把扯过网兜,自己剥了个最大的,吧嗒吧嗒吃起来,"这里全是这种!这种才甜呢!"

"哪儿有?"

"杭州!"

"杭州？"

"上海也有，"莫天叹了口气，尽量耐住性子，"种得少，长得小，还酸，没人爱吃。现在全上海，兴许十公里外的默山还有人种。"

"叫上高婕，去默山！"

17

默山脚下，坠满黄白色小花的橘林托举着一团新甜的空气。一个戴着斗笠和套袖的农妇在林间修剪枝叶。吉普车停在橘林边时，她一眼也没有瞟，直到华良和莫天走到面前，也没有停下手上的活。

"听说这种橘子口味不好。"华良看着农妇被帽檐遮住大半的脸，"没有多少人喜欢。"

"喜欢的人终究会喜欢。"农妇的口音有些怪，"每一样事物都有它存在的意义，没有人有权力随意抹除它。"

话音刚落，一个黑影便从农妇身后的一棵橘树上飞下。接着，农妇头上的斗笠就被揭了下来。农妇仿佛并不意外，甚至朝高婕笑了一下。她额头上的那颗瘊子分明的像一只眼睛。

"姑娘好身手，我听到了摩托车的声音，但没有听见你的脚步。"农妇看着高婕，掸去肩头落上去的白花。

"你从我们眼皮子底下连夺三条人命,更是技高一筹。"高婕定定地看着她。

"但任我做足诡异的戏码,你们还是找到了这里,前追后堵,让我无法脱身。"神婆转向华良,淡淡地说:"我都坦白。"

那是一个蓄谋已久的计划,它得以实施的前提是招引到小珍的鬼魂。神婆用了十年时间,终于成功用招魂术将在阳间漂泊已久的小珍的鬼魂招引到娃娃体内。计划的第一步就是通过如意把人皮娃娃"送"进别墅。那一晚,如意跟随父母出门去庙会的时候,她就藏在别墅门外。而就算如意那晚没在庙会上把娃娃带走,她也有别的办法把娃娃交给她。第二步就是制造大火,燃起恐怖氛围。第三步是化身神婆进入府邸,让身陷恐惧的程芳上钩,并授予她"驱邪"的法术,但那其实是她从老家学到的换魂术。她希望小珍可以因此复活,但她也明白这多半属于奢望,所以"驱邪"法术的最后一个步骤是将纸条吞下。如果不成功,那吴朗就要尝一尝失去至亲的滋味。何香玲用荆条把自己缠起来,也同样出自她的操作。她在那一夜翻墙进入别墅,与何香玲说了几句话。在那样的氛围中,只是稍加"点拨",何香玲便遂了她的意。程芳和何香玲就像滚动在U形玻璃管中的钢珠,朝哪个方向滚,全由她握玻璃管的双手控制。她在窗外亲眼看着何香玲在荆条的捆缚下念完咒语,又多等了半个钟头,才将毒刺不甘心地插进了何香玲的鼻孔。而吴朗,根本不配施用换魂术,他的灵魂的唯一去处就是地狱。

"心中有鬼的人,自然就会怕鬼,这是一群最容易控制的人。大火、猫爪印、猫尸体、鬼敲窗、娃娃进屋,在他们眼里,统统是幽灵的袍子。在这袍子的笼罩之下,他们就会产生应激反应,变成猫,变成婴儿,感觉自己被鬼附身。真是愚蠢!"神婆流着泪大笑起来,"我也一样。"

"这么说,你是在坟地把娃娃送给如意的时候,如意给你讲了她小时候经历的驱魔法事。"华良审视着神婆的眼睛。

"华探长,我一早就知道你很聪明。如意的经历确实让我在实施计划的时候多做了一点事情。"神婆的神情是坦然的肯定,"心里有炼狱的人,一辈子都不会快乐。她的人生才刚开始,我要帮她抹掉心中的炼狱。只有这样,她才不会成为第二个小珍。"

"但她为什么偏偏告诉了你?"华良审视着神婆的眼睛。

"或许是当晚庙会的氛围又把她拖进了炼狱之中。她需要倾诉的出口,而陌生人就是最好的出口。"

"除了告诉你那段经历,如意还做过什么?"华良继续问。

"难道你觉得我会让一个七八岁的孩子帮我杀人?"

华良把手插进裤兜,指肚感受着金属的尖锐,定定地看着神婆。"别墅戒备森严,里面没有帮手和你里应外合,你绝对不能一再得手。"

"只要计划周密,没有推不倒的墙。"神婆轻蔑地笑着,"我现在就详细地告诉你,我是怎么杀掉吴朗的。"

一阵风吹来，白花簌簌下落。她眯起眼睛，抬起下巴，仿佛嗅到了自己的年轻时代。她在风里展开了双臂，神情惬意。那一刻，华良想到了那张旧照片中的她。她的右手抬起得不迅速不突兀，甚至还带着几分和身上的破旧衣服不相符的优雅。在华良反应过来的时候，她已经用剪子把脖子剪出了一道口子。

没有愤怒，甚至连挣扎都没有，她就直挺挺地躺倒在了地上。下落的白花和蹿腾的血液相撞，改变了运行的轨迹，又被三人奔跑带起的风再次冲撞。高婕用手压住她的脖子，半分钟后，朝华良摇了摇头。

"把她伤口包好，再去镇上买身寿衣，就跟她女儿埋在一起吧。"华良从神婆挂着鲜血的微笑的嘴角挪开视线，站起了身。

"华良，你怎么会怀疑如意也是凶手？一个只会抱着娃娃过家家的孩子？"莫天皱着眉问，"我一个神探都没有你这么有想象力！"

"永远不要看事物的外表。你现在马上走，去把上午拍的照片洗出来。"说着，华良的手从裤兜里抽了出来。

那些疑点就像麻绳上打的结，只要从头开始捋，就能一个个捋出来。第一，厨房里那把火肯定不是神婆放的，因为她无法从厨房那个狭窄的窗口逃离。第二，吴朗死时，负责在门外看守的巡捕后腰部位和太阳穴都受到了击打。如果如意要击晕对方，不考虑力量不足这一情况的话，她唯一可用的方式就是先偷袭其后背，使其躬身，再击打他的头部，这与那名巡捕受的伤完全一致。第三，神婆报仇成功，为何不逃？她刚才的表现更像是等他前来，把早已准备好的说辞讲给他听，而这么做的目的就是保护她的帮手。三个疑点综合起来，那个帮手只能是如意。还有第四点，神婆丝毫没有提及藏在如意玩具房里的那五个娃娃。把娃娃藏在那里的人，多半也是如意。但一个七八岁的孩子是如何做到那些的？还有她画在墙壁上的画，再有绘画天赋的儿童也不可能有那样的笔法。但是，如果如意的真实年龄不是八岁呢？！这些疑问是不是就都有了解释？何况，华良还找到了一个可以辅佐他猜测的东西。

握在华良手中的，是一枚生了锈的铜质胸针。小花组成的十字架。仁光学堂的校徽。那是莫天带如意回来前的半个钟头，他从如意上了锁的玩具房里找出来的。校徽放在一个小小的铁盒里，铁盒放在玩具房墙脚一个凿出来的小洞里。之后，他拿着它再一次去找张清泉，并且看到了张清泉眼里的一丝慌乱。

"没见过，不知道她从哪儿捡的。你知道，小孩子就跟小猫小狗一样，就爱在外面乱跑，往家里叼五花八门的垃圾。"

张清泉在撒谎，为了压住脑子里乱飞的思绪，他的眼神有些滞重。此等情况下，继续问下去没有任何意义。华良将胸针放进口袋，来到院子里，等待莫天和如意回来。在那半个钟头里，猜测像河流一样，踩着他查到的一颗颗"石头"向前延伸。如意也曾是仁光学堂的学生，她的真实年龄也不是八岁,她甚至可能和死去的小珍认识,她们是彼此唯一的朋友,从燃烧的厨房跳窗而出的人正是如意……

莫天的身影消失在山路的拐角以后,华良也发动了汽车。如果他的猜测没有错,一切就都水落石出了。他只希望答案能在黑夜来临之前出来。

在浓烈的血腥气中,华良握着方向盘。挡风玻璃外不断变化的景物上都横亘着神婆飞迸鲜血的脖颈。她的话仍在他曲折的耳道中徘徊。"每一样事物都有它存在的意义,没有人有权力随意抹除它……她需要倾诉的出口,而陌生人就是最好的出口……心里有炼狱的人,一辈子都不会快乐。她的人生才刚开始,我要帮她抹掉心中的炼狱……"

她说要帮如意抹掉心中的炼狱,但是抹掉了那三个记忆点,如意的人生就真的能复原成一张白纸吗?最沉重的记忆都是不可能遗忘的,只会暂时沉到生活的表层之下。一旦触碰到某个点,它们就会悉数浮现出来,围绕你,包裹你,吞噬你。就像一张用密写药水写成的情报,只要把反应溶液轻轻刷上去,文字就会浮现。

一声急响,华良刹住了车。他从口袋里掏出如意的图画本,翻到曾看到过红色凌乱线条的那一页,再翻到最后一页,盯着别墅院落中那个铺了白布的餐桌。

"哪里出了问题?"高婕不解地问。

"一会儿到镇上,先买烧碱,再买寿衣。"

18

氢氧化钠溶液一刷上纸张就变成了红色的。大片大片的红。人形像记忆般在白色餐桌四周慢慢浮现,直至占据整张画纸。红色的溶液在纸张上流动,在华良和高婕的视野里拖出一缕缕血痕。

前面的三幅图都已经显现出来了:程芳在厨房的烈火中号叫;何香玲身上缠满荆条,一个个滴血的胎儿像葫芦一样挂在上面;吴朗伸着舌头躺在床上,脖子上勒着铁丝,鲜血喷涌。其中,程芳和吴朗的画面与两人的真实死法有出入,而这恰恰就是计划与事实的出入,能说明华良的猜测并非胡扯:这三幅图是如意在计划实施前就画好的,程芳被莫天相救属于她计划之外的,吴朗在死前拼尽全力掩盖他恋童的证据也是如此。

而眼下的这幅图则更让华良心惊,那是宛如地狱欢乐颂般的场景。现在,七套餐具旁的七把椅子上,都已经坐上了人。在桌首坐着的是一个小姑娘,她身上带着十字架标志的红裙子说明,她就是小珍。坐在桌子左侧的三个人,分别是一个双手捧着自己头颅的无头男人,笑着往自己手臂上划下一道道血口的女人,以及一个被荆条缠住从上面摘取胎儿往嘴里送的老妇。显而易见,他们是吴朗、程芳和何香玲。而桌子右侧的人，是如意和一对中年夫妇。如意离小珍最近，两个人的手在桌子底下拉在一起，如意的怀里还趴着一只黑猫。中年男子西装革履，女人盘发旗袍，俩人的脸挨得很近，在交谈着什么。看得出来，那是张清泉和吴素文。活着的人如何与死去的人共进晚餐？答案在心中升起的时候，华良起了一身鸡皮疙瘩。

俩人奔向最近的公共电话亭，然而连打五遍，都没有人接。

别墅的院中，一场宴会正在进行。在张清泉的有意带动下，别墅恢复了几分欢愉的气氛。一坛一坛的米酒被搬到院中，一盘一盘的菜肴放上铺了白布的餐桌。唱机也在一旁，放着贝多芬的《第九交响曲》。酒喝不了那么多，菜也是一样，但它们能垒成一座堡垒，将连日的恐惧隔离在外。在金色的夕阳中，他们围在餐桌四周，喝得舌头都捋不直，仿佛真的可以当作什么也没有发生。客厅里的电话兀自鸣响，就像无人理会的蛐蛐。

几个小朋友在院子里玩游戏。如意眼睛上蒙着一条红布，一只手抱着紫砂糖瓷罐，另一只手向前伸着，寻找她的伙伴。在她所处的深红色的世界里，没有景物，没有人，只有交响乐、欢笑和酒杯相碰的声音。她在虚无中行走，触摸，渐渐地，欢笑的声音退去了，只有《欢乐颂》的旋律在流淌。她继续行走，直到被一具尸体绊倒在地。

红布后面的世界已经变了，只剩下如意自己。她的几个伙伴分别躺在别墅的几个角落，喝酒的人们和送饭的仆人也都躺倒在各处，扭曲着身体，失去了声息。从墙壁和树干上脱落的符纸在风里飘飞，大树的枝干在空中摇晃，深红色的血液像河流一样四处流淌，场景让人想到远古的荒原。

如意站在血液之中，解下红布，眼神镇定地扫过地上横七竖八的人体。然后她低下头，发现有一大股鲜红的血液突然从自己的两腿间流出，淌过大腿，膝窝，小腿，脚踝，与地上的血液相融。她平静地看着那些缓慢流淌的血，平静地打开紫砂糖瓷罐，用手指蘸了一点糖，抹进嘴里，然后开心地笑了。

19

华良和高婕奔进别墅的时候，夕阳已经沉了下去。在浓郁酒肉味的包裹下，是死一样的沉寂。地上的人横七竖八地躺在大片大片的血里。如意的娃娃穿着绸缎寿衣吊在树上，左右摇晃，华良仿佛能听到它虚拟的笑声。在它胸前，还贴着一张梯形的照片。

华良蹲下身，去嗅地上的血，酒味扑鼻，是红米酒。餐桌边的酒坛全部被歪倒的人打翻，已经流空了。高婕逐一检查完了所有人，都活着，只是陷入了昏迷，无法叫醒。

她来到桌前，端起一个酒杯，嗅到了强力麻醉药的味道。距离他们醒来还得几个钟头。

但是张清泉一家人都消失了。两人找遍别墅的每个角落，都没有三人的身影。在华良脑海升起的画面中，如意像一只猫科动物，把父母拖到了自己的巢穴，然后结束他们的生命。接下来，就是她自己。

哪里会是她的巢穴？华良想，多半就在这栋别墅中。在图画本的最后一幅画中，包括如意在内的七个鬼魂在这里相聚。既然一切从这里开始，一切也应该在这里结束。在摩托车的引擎声中，两人奔到院子，看到了戴着风镜跑进来的莫天。

"他们只是被麻晕了，时候到了，自然会醒过来。"看莫天意外地张大了嘴，华良说，"你查得怎么样？"

"和你猜测的一样，如意只是她的小名。"

按照华良的吩咐，莫天洗出给如意拍的照片后，又跑了一遍私塾。这是张小华啊，徐幼珍的同桌。老教师拿着照片，给出了答案。

"所以，如意的真实年龄是十八岁左右。"华良从口袋里掏出两张切割成梯形的照片，对合在了一起。

照片里，小珍和如意头上插着花，手拉着手，笑得很开心。两人的另一只手上，分别攥着一把野花。照片的背面，是两行字体不同但内容一样的铅笔字：这个世界总有撒旦，我选择去天堂。

相比五分钟以前，暮色又暗淡了一些。这一刻，没有人知道如意是否还在这个世界上。而如果如意已经不在了，那么张清泉和吴素文自然也已经不在了。华良迅速来回扫视院子的每个角落。一定还有他疏忽的地方。最终，他的视线停留在了池塘中央的假山上。假山上的瀑布毫不间断地流向池塘，声音清晰，记录着时间的过去。

20

黑暗潮湿的空间里亮着一盏烛火。

如意拿着一把匕首，在张清泉和吴素文的身体上划满了血口。做这些的时候她搂着对方的脖子，神情中只有亲昵，仿佛只是在早晨醒来后偷偷亲他们。用一勺一勺的紫砂糖把那些伤口覆盖的时候，她的神情依然是温馨而充满耐心。那一刻，她想到的是往日母亲为她处理伤口时的样子，她觉得这一刻的自己和母亲一样温暖美丽。一想到他们会永远陪着她，她心中的暖意就一股一股地涌动。

月经带来的小腹部位的坠痛也让她愉悦，这是她期盼已久的疼痛。为了迎接它，她早已准备好了旗袍和高跟鞋。过去的十年里，她像掉进了坑洞之中，无法被时间波及，成为一粒休眠的种子。她总共换了五所学校，一开始是想逃离关于吴朗和小珍的记忆，后来则是逃离那些异样的眼神和嘲讽。没有人比她更清楚被嘲讽笼罩的绝望。尽管面对那些嘴脸她从来都是一副战斗姿态，关在卧室中的力量锻炼也给予了她与体形不相称的力量，但只有她自己清楚，她比自己所面对的每一个人都恐惧和虚弱。现在，她终于可以褪去那身无比丑陋完全可以说是侮辱的童式袄裙，甩掉布鞋，把它们换上，再把头发披下。她站起身，开心地转了两圈。她感觉自己是一枝从淤泥中伸出茎叶马上就能开放的莲花，能真切地听到自己身体迅速生长的声音。

"妈妈，我长大了。你们再也不用替我隐瞒年纪了。我会继续长大，长高，再没有人会嘲笑我。"她靠进吴素文的怀里呢喃，"而你们也不会再变老。"她知道，他们不会痛苦的，他们会在睡梦中流光血液，和她一样摆脱躯壳，远离这个肮脏的世界。她又往母亲怀里靠了靠，然后扬起匕首，朝自己的心脏扎去。

一声枪响，如意梦醒般睁大了眼睛。匕首已经跌落在地。她的右手正在不受控制地颤抖，手腕上多了一个血洞。不知何时，门口的黑影里出现了三个人，烛光只能波及到他们的肩膀。站在最前面的男子往前走了一步，五官显出形状。

"张小华，杀人不是摆积木过家家，一场结束还能推倒重来。"

华良垂下端枪的手，暗自呼出一口气。如果迟到两秒钟，一切就都晚了。

这个地下房间的入口就位于假山瀑布的后面。如果不是忽然升起的念头，他绝对不会想到跨进池塘查看。瀑布后面是两节台阶，像是老房子的地下储藏室。猫爪手套，鸡血米，蒺藜条，带着喷溅状血迹的童式袄裙，一路走，一路出现，引领三人走进如意的巢穴。

"你浪费了神婆的一番好意，她到死都在保护你。"华良又朝前走了一步。高婕奔到张清泉和吴素文身边，查看整理两人流血不止的伤口。

如意愣了下，轻蔑地笑了。"她一直都不理解我，她的心里只有仇恨，而我只是想让应该享受幸福的人幸福。对我来说，死只是通向幸福和光明的一扇门。"

"既然死不了，你就该说一说你们的所作所为。"

如意的眼前重新浮现起了庙会的那天夜晚。尽管神婆的脸上多了很多皱纹，但她还是一眼就认出了她。即使没有遇见神婆，如意也会动手，这是她送给自己的成人礼，也是她对于这个世界的意义所在。就像当年，正是她的极力劝说和引导，才让小珍远离了痛苦。小珍是她唯一的朋友，但也是个脆弱的朋友。小珍每天都会因为吴朗的行为而用针刺自己的腿。人生毫无意义，理当尽情享乐。如果无法快乐，就该尽快摆脱。

"我也是这么想的。"小珍与她脸对脸斜趴在课桌上，竖起的课本挡着两人。吴朗正在黑板上写字，粉笔摩擦黑板的声音让小珍想到了他粗糙的手。"爸爸走后，一切都变得不一样了。"

"这个世界全是撒旦，你理解这句话的意思。我知道他每天留下你补课对你做过什么。"

"活着一点也不好，但是我怕疼。"

如意抬起脸，瞅了一眼仍在写字的吴朗。"作为你唯一的朋友，我会永远陪着你。你看，就像我们的合影，我们手牵着手，不会疼。"

说完，如意就用铅笔刀把照片裁成了两半。那张照片是张清泉拍的，在一个周末，他带如意去寺庙上香，遇见了独自坐在庙门口的小珍。后来，张清泉带两人去野外玩儿了一个钟头。"我们在照片背面写遗书，写了遗书你就不怕了。"如意把小珍那一半照片塞给她，"你要是不会写，就抄我的。"

下课后，如意就牵着小珍的手来到了后院的井边。如意现在仍记得小珍站在井边的样子，肩膀缩着，单薄瘦弱，不自觉地后退了一步，显然她只把死当作一个游戏，看看井就回教室。如果她没有说那句话，可能如意不会真正伸出手。小珍回过头，眼睛像一只小鹿，她看着如意问："吴老师也对你做过，对吗？"

"我能忘记，我能恢复，我还找到了我的使命。但有些人就不能。小珍不能。"如意笃定地看着华良，"没有使命感的人，找不到生命的意义，连摆脱痛苦的能力都没有。小珍需要我拯救，程芳舅妈也一样。"

在如意看来，程芳简直和小珍如出一辙，她脆弱得只能拿刀划自己的胳膊，或者拿更脆弱的猫出气。如意也劝过，让她和吴朗离婚，但程芳只把她那些话当成神经质的体现。从那一刻开始，如意就知道，除了死，程芳再也没有其他远离痛苦的路径。这条路径，又是需要她亲手铺的。在死之前，如意还要让她看清自己的罪孽。那只是一个比程芳更加脆弱的生命，而且是陪伴了她好几年的生命，在法事中唯一保护她的生命，程芳却那么轻易地摔死了它。程芳的懦弱、阴狠和冷漠只能说明，她是一个不懂得生命尊严的人，这就是她的罪孽。只有在恐惧中，人才能看到自己的罪孽。与程芳相比，吴朗和何香玲更是恶魔。让他们看到自己的罪孽，是蜕掉肮脏躯壳，抵达美好天堂的唯一方式。

为了让他们认清自己的罪孽，她可是煞费苦心，每一步都如履薄冰。若不是训练多次，她可能都无法在被程芳舅妈发现之前顺利跳出厨房的窗户。同一个地点，着火和不着火完全是两码事，多么轻而易举的事都会变得异常艰难。带着猫爪手套扼住程芳的脚踝时，莫天与她拔河，假如延迟两秒钟松手，她就被连带着揪出门外了。那样的话，整个计划都将付诸东流。在后续操作中，拿走程芳和何香玲生命的是小珍的妈妈，但吴朗是她亲自动的手。吴朗比她预想的要醒得早，他叫喊着睁开眼睛并从枕头底下抽出水果刀时，她以为计划要就此中止了。因为台灯亮着，而她脸上没有任何掩盖。吴朗攥着水果刀，却没有攻击她，也没有喊她的名字，只是缩在床头，焦灼地割着脖子上的铁丝。他看上去比她更害怕，好像把她看成了小珍的鬼魂。当鲜血从他失手割破的颈动脉喷到她身上时，她心中的石头终于落了地。

"我相信,我早就已经,不恨他了。"如意的瞳孔在烛光中颤抖,"一点也不。我是在帮他。我知道,他一定也很痛苦,就与我、小珍以及其他女同学一样痛苦,只是不一样的性质。还有我何姥姥,她也痛苦,我知道,无时无刻。只有死能让她摆脱失去儿子的焦虑。华叔叔,你发现没有,生命就是个错误,世界就是地狱。我不想再待下去了。"

愣了一会儿后,如意哭了起来。一开始是小声的啜泣,很快变成号啕大哭,像个在黑夜里迷了路的孩子。

21

华良把车开到精神病院门前时,张清泉和吴素文正在院子里拔草。隔着铁栅栏,华良看到两人穿着义工的衣服,满脸汗水。如意站在一边看两人拔,手里提着水壶,肩上搭着毛巾。她想帮忙,却被张清泉领到了一边。她穿着病号服,头发披着,相比两个月前,好像长高了一些。

华良没进去,把车开到一边,静静地抽烟,看着三个人说说笑笑。他来是想看看如意的情况,这段日子,他有时会怀疑自己那天的决定。现在,那些疑虑都烟消云散了。如医生所说,只要经过正确的药物治疗和精神疏导,如意就能放下过去,像个婴儿一样重新开始生长。

张清泉和吴素文出来时已是一个钟头以后。两人看见华良，满脸感恩的笑容。

"张老板，听莫天说你的生意全都放下了。"华良给张清泉点了支烟，"魄力不小。"

"除了陪孩子，什么都没有意义。"张清泉满脸感激地看着华良，从他脖子上露出一道白色的伤疤，"华探长，如果不是你帮忙，我们现在每天干的事情就是去坟地拔草……"

华良摇了摇手，打断了他。"对我来说，那只是一份报告。"

是的，一个月以前，他最终决定撕掉了如意的口供，把她带来了这里。结案报告上，神婆是唯一的凶手。在这个乱世，每天都有不该死的人死去。匪徒的刀枪，日军的炮弹，都能在一瞬间把美好善良的生命掠夺。除了他，高婕和莫天，有谁会真正在意真凶是谁。他崇敬法律，崇敬正义，但他现在并不相信法律和正义，他只能相信自己。就像如意说过的，在这个污浊的世界上，人要知道自己的使命是什么。

一支烟后，华良与两人告别，发动汽车，向前驶去。

妖 红

1

直到三天以前,二牛还不知道失眠的感觉。

三天三夜的失眠让这个满脸络腮胡子的粗壮汉子崩溃了。他的精神越来越恍惚,即使白天行走,也感觉只有一颗头颅飘浮在空气中。他的表情越来越不受控制,眼皮和嘴角频繁地兀自抽动。夜里,他却像寒铁一样清醒。在风的扭曲声中,房门和他床边的墙壁不时被咚咚地撞击,震动清晰,一波波穿透他迅速瘦下来的皮肉,击打他的心脏。他很清楚,那撞击不是夜风所致,而是那颗燃烧着幽绿火焰的人头。

三天以前,二牛也不相信这世上有鬼。他经常想和武松比一比力量、胆色和酒量。他的那些胆小鬼邻居一个个搬走,现今只有他一人住在鬼山脚下。三日前的半夜,他握着酒瓶从鬼山经过。在没有月亮的夜色中,他看到一个灯笼飘进了鬼山山顶的积骨塔。一个钟头后,躺在床上的他被啼哭声惊醒。

没什么大不了的,住在这儿的两年间,他也遇到过一两回。积骨塔里堆着一摞又一摞死于非命、无人认领的尸体。终于找到家人的骨头,哭一嗓子也是人之常情,他可以忍。于是他抄过酒瓶喝了一口,但再也没睡着。那人的哭声连绵不绝,越来越高。这就是不懂礼数了,他蹬鞋出门,提着顶门棍,去给那个鸟人点教训。离鬼山越来越近,哭声越来越清晰。是个男人,哭得那个惨,一定是个孬包。走到积骨塔门口的时候,哭声忽然停了。里面比外面黑一倍,就像夜的源头。

他没有走进去,因为空气臭得发黏。他这时才忽然发觉积骨塔的门被卸掉了,就扔在门洞旁的空地上。但是对于这种细枝末节,他一向不在意。他用木棍敲打着石砌的门洞,让里面的人滚出来。

两分钟的安静后,二牛听到了一具又一具尸体滚落在地的声音。然后,他看到一个幽绿色的灯笼从黑暗中升了起来,并晃晃悠悠朝他飞过来。等灯笼离他只有两米远的时候,他看清楚了,那分明是一个燃烧着的五官腐烂、血肉模糊的人头。

自此,那颗咆哮的人头就再也没放过他,每一夜都会来撞他的墙。他的四面墙壁上都已经布满了幽绿色的血水。此刻,那人头又来了。这回它飞上了屋顶,把瓦片撞得稀里哗啦。缩在墙角的二牛哭了,等天一亮,他就要背着铺盖去巡捕房。打也不走,即使被巡捕打死也比在这里吓死强。

2

幕布黑了下来。

电影正演到揪心的情节,被新婚丈夫抛弃的白兰心灰意冷,她穿着嫁衣,将一根麻绳套到了房梁上。夜风穿窗而过,吹灭了桌上的油灯。漆黑之中,白兰的哭泣声仍在继续。一声板凳倒地的声响后,哭声也听不见了,只有麻绳摩擦房梁的声音。观众们知道那声音意味着什么,失明的世界里,仿佛飘满了白兰摇晃的影子。

咚的一声,荧幕忽然又被打亮了。白兰的尸体重新出现在观众的视野中。她在光亮中摇晃、冷却,告别往昔的伤痛。她的嫁衣红得像血,那分明是电影无法展现的色彩。

"她从荧幕中出来了!"

"她死了!"

观众席一片喧嚣。一个电影人物的尸体为何会突然出现在现实之中?华良和高婕站起身,试图挤出去。但随即华良又把高婕拽住,他分明看到,被绳子吊在荧幕前晃来晃去的白兰睁开了眼睛。

所有人都看到了,白兰不仅睁开了眼睛,她的头还开始扭动。随后,她的整个身体又出现了抽动,四肢僵硬伸展,像树木生长的快化过程。从喇叭里发出来的是关节拧动、骨骼相撞的咯咯声,让观众联想到了掀开棺盖的行尸。接着,她的脖子就脱离了绳索。这一刻的她悬浮在舞台上,轻轻向观众席挥动红色的嫁衣,艳红的嘴唇向一边斜起,望向观众的眼睛里充满幽怨。观众们挤成一团,华良握枪在手,注视着她的一举一动。

如果不是白兰缓缓落地又侧过身去,没有人会发现她背后的绳索。荧幕重新打亮,电影里的时间已是清晨,白兰仍挂在绳子上,随风摇摆。观众们平静了下来。而舞台上的白兰开始唱一首哀伤的歌曲,如泣如诉,向弃她而去的爱人传达思念和情谊。光柱追随着她的舞步,她在观众哀伤的视野中如秋日午后的蝴蝶,徘徊在自己随风摇晃的尸体四周,凄美动人。最终,她扑倒在地,回归落叶般的静止。

在观众们热烈的掌声中,白兰起身谢幕。这一刻,已经没有人再用电影女主角的名字称呼她,而是叫她白梦。自电影《秋叶》上映半月以来,这位新晋女演员的照片已经登上了各家杂志的广告页,眼神迷离地叼着哈德门香烟,容貌艳丽地托着力士香皂,或者握着一支金星牌自来水笔掩卷沉思。望着她从侧门走进后台的背影,高婕无端想起了自己的一个初中同学。

那个女同学也叫白梦,但在外貌上,她是和眼前这位影视新星截然相反的人。她又矮又胖,头发像一棵白菜,肤色黝黑。更为突兀的是,她的唇毛比那个年纪的男同学更为显眼。基于此,调皮的男同学给她起了个外号叫"噩梦"。但是她从来都是毫不在乎,并且充满自信,不放过任何一个表现自己的机会。作为全班形体最差的学生,她会争抢领操员。班里编排莎士比亚的戏剧,她永远第一个站起来,大声说出自己想演的人物是朱丽叶。她会逃课溜进学校礼堂,学着《神女》中阮玲玉的样子,在舞台上扭动腰肢。高婕还记得走进礼堂时白梦的样子,口红一直涂到了下巴,身上捆着一截窗帘假装是旗袍,含住自己的一绺头发,扭着屁股与假想中性侵她的流氓搏斗。男同学在下面起哄,还有几个跳上了台子。他们揪住她身上的窗帘,大笑着将她拖倒在地。

在学生时代的回忆包裹中,高婕起身走向了洗手间。走廊里很安静,未来到转角,她就听到了洗手池的流水声。除此之外,她还听到了极力压抑的呻吟。

是白梦。她站在水龙头前边,还穿着先前的红色嫁衣,用手摁着自己的头,拼命挣扎。仿佛抓着自己头发的不是她自己,而是从镜子里伸出来的一只无形的手。白梦吸吐着空气,血管从她的太阳穴高高凸起,像拱出地面的树根。偏头痛,这是高婕脑海里下意识闪过的病症。她的手伸进手包,里面有半瓶阿司匹林。听到拉链拉动的声音,白梦转过了脸。高婕才赫然看到,白梦的发际线部位有一块银圆大小的红黑色血斑。

白梦狠狠瞪了高婕一眼,把刘海胡乱放下,直起身走了出来。她的肩膀撞到高婕时有些粗鲁,她身上的香水味儿也和表情一样冲。随着身体的触碰,高婕听到了从白梦身上发出的血肉撕裂的声音。这个声音让高婕惊诧不已，她牢牢盯着白梦的背影，然而那个声音再也听不到了，只有高跟鞋跟碰撞水泥地面发出的冷冰冰的声音。高婕确定自己没有听错，但是一个好端端的人身上怎么会产生那种声音呢？然而如果那声音不是从白梦身上发出来的，又会是从哪里？忽然，白梦站住了。她转过身，冷冷地打量着高婕。

"高婕。"

她的声音也同样冰冷，让高婕一时有些发蒙。她却忽然笑了，再也装不下去似的。

"老同学，我是白梦。"

3

高婕当然知道站在自己对面神采夺目的人叫白梦，可是她无论如何也不能把此人和自己那名中学同学合二为一。眼前的白梦像孔雀，艳丽而高傲，而学生时代的白梦则像麻雀，聒噪却黯淡。关于这种变化或不同，高婕根本无法把它归因为时间就能作为事实而接受。

"白梦，你变了。就像变成了另一个人。"

"怎么，"白梦微微扬起下巴，嘴角的笑容带着些棱角，"你是说我以前很丑？"

白梦看着高婕面前的空气，眼睛里浮现出一层不同寻常的东西，说不清道不明，就像她正看着高婕的眼睛所无法触及的一些什么。高婕笑笑，转而问起白梦额头的伤，同时手下意识地伸向白梦的刘海。白梦却抬起手臂阻止了她。白梦迅速的有些突兀的动作中带着粗鲁，尽管她的嘴角仍挂着笑。

"没什么。你知道，拍电影其实是个粗活儿。"

白梦转身时，高婕再一次听到了从她身上传来的皮肉撕裂的声音。声音很细微，以至于更像是来自高婕意识中的某种感知。那个声音仿佛在告诉高婕，白梦的身上正在发生着什么。于是，在白梦消失在走廊尽头之后，高婕跟了上去。在白梦的休息室门外，她看到了奇怪的事情。

白梦背对着没有掩实的门，面对梳妆台，轻声唱着歌谣。她的声音很欢快温暖，间或还说句简短的话，好玩儿吧？你真棒！仿佛她是在陪自己的小孩玩耍。陀螺正在梳妆台上旋转，木马在梳妆台上摇动。看着它们，白梦不由自主地笑了起来。一股凉意爬上高婕的后背，她已经站在门口一分钟了，那陀螺仍旧转得毫无颓势。还有那木马，一直嗒嗒嗒嗒向前挪移。而此刻，没有一丝风去摇动木马，白梦的双手也一直托着自己的下巴。仿佛一个透明的孩子正在很起劲儿地摆弄它们，而那个孩子只有白梦看得到。忽然，木马毫无征兆地躺倒下去，陀螺也同时跌落在地。两个玩具像失去生命的活物一样，歪了脖子。白梦的笑声戛然而止。

白梦朝房门转过了头，朝高婕射来怨怒的目光。高婕感到一阵头皮发麻，因为白梦因愤怒而紧绷的脸皮上迅速裂出了一道道口子，皮肤继而又沿那些口子纷纷耷拉下来，像一盆被马蹄踩得稀烂的鸡冠花。这张血肉模糊的脸一下子就来到了高婕面前，高婕来不及反应，就被白梦攥住了脖子。高婕挣扎着去反扭白梦的手，却将白梦手上的皮肉整个儿捋了下来，轻松得像捋一只皮手套。白梦则露出流满脓血的牙龈朝她大笑，继续向她挥舞变成白骨的手。

高婕震颤着醒来，身上盖着华良的制服。后车轮轧了块砖头，吉普车颠了一下。你看上去很累，华良扶着方向盘说。通宵做了一个大手术，高婕打开了车窗。白梦那张血肉模糊的脸还在眼前晃来晃去，高婕在夜风里试图去厘清梦境和现实。现实是如何结束的？梦境又是从何时开始的？

高婕记得，白梦消失在走廊尽头以后，她就跟了上去。在半开着门的休息室外面，她听到白梦在轻唱歌谣自言自语，看到梳妆台上的陀螺飞转，木马行走。到这里，都是真实发生的。接下来的事情与她刚才的梦境不同，白梦并没有意识到她在门外，发现她的是赵熙。赵熙从走廊拐角闪出，一边大声喝她一边小跑着过来。接着，她就看到木马倒在桌上，陀螺跌落地面，不再旋转。

赵熙认真履行着白梦经纪人的职责，挡住半开的门，板着脸让高婕离开。在高婕叫出他的名字以后，赵熙的眼睛里仍然发着陌生和疑惑的冷光。后来是走过来的白梦提醒了赵熙，赵熙的脸上才浮起了塑料般的笑意。

在高婕的印象中，中学时代的赵熙也和眼前的他在气质上有着本质的区别。那个年纪的他是班里成绩最好的男孩子，字迹漂亮，性格温和，最爱做的事情是在体育课上一个人坐在双杠上看小说。而现在，这层柔软的皮肤已经从他身上彻底退掉了，他变成了一只充满警惕感的爬行动物。在高婕和白梦聊天的那十几分钟里，他始终神情紧绷，盯着她们，间或抬腕看一眼手表。在第四次看表之后，他终于打断了两人的对话。半个钟头之后，白梦要跟导演袁牧之见面，谈一个新的电影，必须立刻就走。两人从电影院后门离开，高婕从正门出去，华良已经在门外的车里等候。

一盏盏路灯掠过车窗，光线忽明忽暗。高婕回想着白梦和赵熙，感觉这两个人既近又远，既真实又虚幻。不仅因为他们变化太大，还因为这两人身上有一种说不清道不明的东西。为什么她会从白梦的身上听到皮肉撕裂的声音？为什么木马会自动行走，陀螺转个不停？这些疑问让她更加怀疑自己是否真的见过他们。

华良觉得她只是累了，在细节上搞混了现实和梦境。她确实太累了，靠在椅背上舒了口气，脑子有点发怔。随后她把手伸进大衣口袋，掏出了一张纸，上面写着"培远路35号"。黑色的钢笔字，明显仓促但还是很漂亮的行楷。是赵熙的字迹没错。这是她从休息室离开前，白梦吩咐赵熙写下来的。

"这是我现在正在拍摄的一部戏的片场,几乎都是白天工作。你可以随时去参观,陪我聊聊天……"

"这个不行,片场不是动物园,要绝对保密,外人不可以随便去。"赵熙生冷地打断了白梦。

"什么叫外人?高婕是我们的中学同学。什么叫随便去?我在郑重地邀请她。"白梦点上烟,烦躁地抽了一口,斜着眼瞪赵熙,"你只是我的经纪人,什么时候成了我的主子?"

赵熙低下头,不说话了。看着他红起来的脸,高婕想起了十年前那天的学校礼堂。身上裹着窗帘的白梦被几个调皮的男生拖倒在地,抽泣了起来。高婕记得自己跳上舞台,将那几个男生踹了下去。回过头时,不知何时也登上舞台的赵熙已经将白梦扶了起来。他一声不吭,脸因为羞涩而微微泛红。那时候,他的个子还没有白梦高。

"你在想什么?"华良扶着方向盘问。

"你说,长大以后,人的变化怎么会那么大?"

"女大十八变,那个男同学不也没把你认出来吗?"华良轻笑一声,"他们此刻说不定也在谈论着你的变化。"

高婕手肘摁着车窗"哦"了一声,不再说话。真的是华良说的那样吗?但是那感觉更像是世界哪里出了错,现在的白梦并不是她那个叫白梦的少时同学。她望着路上一盏盏出现又倒退的路灯,继续咀嚼自己的疑惑。

4

年轻巡捕急匆匆跑进华良的办公室之前,华良在喝茶看报纸。华良的视线在报纸上来回画线,所经之处都是白梦的消息。她穿插在电影放映中间让人猝不及防的舞台表演、她与采访记者的对话内容、造型师对她的发型衣着点评、她的新电影定妆照,以及她与白云观观主马象红的合影,占据了整整一个版面。

最终,华良的眼睛停留在了白梦与马象红的合影上。在这张照片里,白梦穿着一身黑色的大衣,头发向后束起,与马象红的手握在一起。面对镜头,她的神情与其他照片里截然不同,不仅没有丝毫自信和傲慢,甚至还流露出一些孩子气的紧绷感。她身边的马象红却是一副意气风发的样子,尽管他身形单薄,长得也并不英俊。

"你啊,看这个没用。"莫天把一份名叫《秘闻追踪》的八卦小报拍到华良的报纸之上,"作为一名侦探,你要能观其形,知其内。比如你要通过各种渠道,搞清楚她为什么要去见一个茅山道士。"莫天瞅了一眼在阳台浇花的高婕,"来,女魔头,你也快看看。"

莫天的手指敲击了几下报纸上那个印刷粗糙的标题,拉了把椅子坐到两米开外,晃着二郎腿,得意地看两人逐渐紧绷起来的脸。在那篇题目叫《女明星爆红上海滩之谜》的文章中,女星"百梦"一夜爆红的真正原因就是大师"马上红"。"马上红"表面上是修炼多年茅山术的道士,实际真正精通的却是暹罗降头术。而这其中,他又对养鬼术最为拿手。他能在上流圈子中备受追捧,正是凭此手段。很多商业巨贾、电影明星都靠他的法术追名逐利,"百梦"当然也不例外。她曾倾家荡产从他那儿购得"小鬼"一尊,用心服侍,谨听指引,终于如愿迎来了花开之日。

"知道什么是养鬼术吗?"

"如果我们不想知道,你会闭嘴吗?"高婕从报纸上抬起头,白了莫天一眼。文章里"百梦"饲养"小鬼"的情节让她再一次想到了白梦在电影院休息室里看着桌上的玩具唱歌自言自语的情形。

莫天戴好礼帽,点好烟斗,背光而立,开始上课。关于养鬼术在国内的两大流派,昨天夜里他就已经备了课,还准备好了教辅资料。

"首先讲的是茅山术流派。"莫天从风衣内袋里掏出一个大烧杯晃了几下,晃得里边的木头小人撞来撞去,"你们看,老师的瓶子里装着一个婴儿。这就是一尊小鬼。"

"这不就是块木头嘛,大哥。"高婕有些失去耐心了,"你什么时候把我的烧杯顺走了?"

"此刻请把我当成法师,谢谢。"莫天把木头小人捏在手里,"我把一段枯木插到早夭孩童的坟上,在我吸魂大法的作用下,枯木会生根发芽,并将孩童的魂魄收进其中。

待枝繁叶茂之时,我取走木枝,将其雕刻成人偶,装于玻璃瓶中,交给买主。"

说着莫天把小人放回烧杯,递给华良。"从现在开始,你就是小鬼的主人了。哪天如果我不在你身边指导你,你又碰上了大案子,焦头烂额毫无头绪,只要对着瓶口吹一口气,就把它唤醒了。它就会帮你抓住真凶。"

"老师下边要讲的,是另一个流派,暹罗降头术。"莫天朝华良摆摆手,"来,华良同学。老师让你现在躺在地上。"

华良装作没听见,莫天出门揪了个小巡捕进来,命令他躺在地上。小巡捕躺好后,莫天又把他扶起,让他盘腿而坐。接着,莫天又从风衣内袋里掏出一根黑乎乎的蜡烛,还擦燃了火机。小巡捕咧着嘴战战兢兢,问莫天干吗,头上就挨了一巴掌。

"你是死人,你不能说话!"

莫天焦急地点蜡烛,死活点不着。"你们就当它亮了吧。"莫天把蜡烛凑到小巡捕下巴上,小巡捕撇着嘴说"真臭"。"能不臭吗,这是用死人的脂肪做的。"小巡捕吓得把眼睛也闭起来了。莫天的右手第三次伸进风衣内袋,掏出一个木匣子,接在蜡烛下边。

"看到没,老师就用此烛烘烤尸体的下巴。封印在尸体内的鬼魂会随着尸油从烂肉破皮之中一滴滴流进袖珍棺材中。一滴,两滴,三滴……就像酿酒,琼浆玉露一点点汇集……鬼魂从棺材中苏醒,成为风一样的看不见却真正存在,并且能日行万里的事物……"莫天闭着眼,语气缓慢,手臂抬起,仿佛在感受风的线条,鬼魂的踪迹。与此同时,小巡捕一点点地向后挪移。等到莫天陶醉一番睁开眼来,小巡捕已经逃了出去。

莫天把蜡烛往华良脸前一拍,蜡烛的臭味让华良不禁往后挪了挪椅子。"这又是你做的吧?"

"嗯。"莫天也深沉地皱起了眉,"用猪油做的。但是它点不着,只能当肥皂用。我要请半天假,回去做技术攻关。"

说着,莫天就往门口走。刚打开门,他就被那个小巡捕撞倒在地。

"刚刚接到报案,鬼山的积骨塔闹鬼了!"

小巡捕在华良的视野中气喘吁吁,帽檐歪斜。一股冷风从华良身后的窗户吹进来,攀上他的背。

十分钟以前,那个叫二牛的鞋匠拉住了巡街的巡捕。早上,二牛是背着他的破被子出门的。从今天开始,他将再也不回那个家了。做完笔录之后,他就斜仰在椅子上睡了过去。华良过去的时候,他的鼾声正响,一道长长的涎水顺着他歪斜的嘴角一直奔拉到油乎乎的衣领上。华良示意屋里的巡警不要叫醒他,中午的时候给他买一份饭。

华良看着二牛的口供回到办公室的时候,莫天正风衣反穿,把红色的里子露在外边,小臂回缩,对着高婕甩动空出来的半截袖管,像个招摇的花旦。他兴奋十足,根本不管高婕此刻正陷在自己的思索中。

　　莫天扮演的不是人,是一个叫妖红的女鬼。妖红总是穿着一袭红嫁衣,出没在深夜的鬼山脚下。在蜿蜒的小路上,她有时候走,有时候跳,所以莫天现在在办公室里扭着屁股,又走又跳。赶夜路的人遇到过她,但是没有人知道她的样子,因为她的头上总是披着一个红盖头。莫天一把揪下茶盘上的红垫布,盖在了头上。

　　"她是个寡妇,带着两岁的孩子嫁给了一个光棍。她的丈夫不喜欢那个孩子,所以在结婚当夜,趁她披着盖头坐在床上,偷偷将抹布塞进孩子的嘴里,抱着跑出了家门。当她发现孩子不见时,抄起镰刀紧追出去。在积骨塔外,她找到了她的丈夫。但那时,孩子已经被他掐死,塞进了尸堆下面。"

　　"一场大哭过后,她开始疯狂地攻击自己的丈夫。"莫天攥着假想的镰刀,用嘴配着风声挥舞胳膊。忽然,他啊了一声,自以为身段娇美地委顿在地,"她被丈夫用镰刀砍断了脖子。在死后的第七天,她变成鬼魂,从积骨塔的尸堆里爬了出来。她披上盖头,出了塔,来到丈夫卧室的窗前。"

　　莫天换上一脸冷酷的表情,走路像机器,全身关节咯咯作响,然后朝华良的脖子伸出了双手。"在月光下,她伸出黑色尖长的指尖,捅破窗户,在丈夫的脖子上留下了十个血窟窿。"

　　说完,莫天像忘词一样面无表情地愣了会儿,以表现妖红的怅然之感。然后他转过身去，跳向办公室门边。"此后，妖红一直徘徊于从丈夫家到积骨塔的路上，寻找她的孩子。间或，她会站上鬼山山顶，发出凄厉的哭喊。每当看到路上有小孩经过，她都会认为那就是她的孩子。她会将他们带进积骨塔，从尸身上割下腐肉，精心喂养。听说，也有一个孩子曾被救出去，但他已经无法适应正常的生活。在把母亲用叉子捅死，并吃了她的肉以后，他就又回到了积骨塔，再也没有出来。"莫天又从门边跳回来，绕着华良和高婕缓缓挪移跨步，像是在跳舞。他伸在空中的手臂仿佛能感觉到从他口中徐徐吐出的烟雾的冰冷，他对华良和高婕思索的眼神显然也很满意。忽然，他朝两人大叫一声，看着两人的肩膀同时抖动了一下，哈哈大笑起来。

"告诉你们，我对全上海滩的妖魔鬼怪都跟老友一样熟。如果哪天你们觉得无聊，我专门给你们说个'堂会'，绝对比电影精彩！"

"行了。"华良扬手拂了拂眼前的烟雾，"既然你这么熟，现在就跟我去积骨塔会一会你的老友。"

莫天嘴一咧，重新盖上盖头，转过身去，跳远了。

"一会儿我想去白梦的片场看看。"高婕没有看华良，她看着眼前的空气，仍陷在自己的思索之中。一夜过去，白梦身上那股说不清道不明的东西仍让她无法搁置，刚才那张小报上的内容又加深了她的疑惑。她要即刻再见白梦，搞清楚白梦是否在养小鬼。

"我也去！"莫天一把揪下了盖头，"我还从没去过电影片场呢。就凭我这长相,这气质,说不定导演见了我就得把男主演辞掉。"

"好。"华良笑笑,"看来我只能孤身入鬼穴了。"

"不能!"莫天又从口袋里掏出一个纸包塞进华良口袋里,"它去如同我去。效果……差不多……都能保你平安。"

"这是什么?"华良问,"你的口袋里到底还有多少东西?"

"魔鬼的砒霜,盐巴。"莫天背着光,脸上浮现出神秘又郑重的神情,"华良,如果你真碰见鬼,就把这包神秘的药粉潇洒地撒出去。"

"要是不管用呢?"

"那就……报我的名号……可以试试看。"

5

积骨塔是一座四层的灰色砖塔。华良来到塔前的时候,塔顶正托着一块骷髅形状的灰色云彩。为了防止打草惊蛇,华良将吉普车停在塔外一公里的路边,步行前往。那座低矮陈旧的塔在他的视野里晃来晃去,门洞之内淤积着厚重的黑暗和腐臭,像躲在暗处的注视。不知被谁拆掉的塔门扔在一边。尚未进塔,他就听到了里面的响动。

是喘息,很深,很缓慢,像从长久的沉睡中醒来的人在重新学习呼吸。接着传来的是人体磕碰地面的闷响——仿佛有尸体从那洞黑暗中活了过来。华良拔枪在手,左手打亮电筒,走进塔中。

光束照到的全是尸体,一摞一摞,靠墙摆放,宛如粮仓。有几具尸体躺在过道上,像是从尸堆上跌下来的。华良屏住呼吸,但是再没有听到先前的动静。是幻听?人或许会在极度安静的环境下听到原本不存在的声音,就像在下坠中总下意识地想抓住些什么。华良在尸堆中间缓缓踱步,眼睛追随着光柱移动。男女,老幼,他甚至可以从他们的脸上判断出他们的故乡。有不少外地人,可能是逃荒过来的——在他们拼尽全力往上海赶的时候,想必不会想到,自己很快将死在这里,并且死得比在老家更加狼狈——他们的衣服全被扒光了,身上连个麻袋片都没有,只有被野狗咬下的一个个干枯的裸露着骨头的洞。华良在台阶前停步,光柱在上面爬来爬去,映出横七竖八的尸体。华良看着那些尸体,完全没有意识到一只跃动着幽绿色火苗的人头从他身后缓缓飘了起来。

接着,华良的脖子就被紧紧地箍住了。是一只粗壮的沾满脓血的胳膊。尸变?华良手中的电筒和手枪跌落在地,光亮从破碎的玻璃盖面后面一闪即逝。

牙齿咯咯碰撞的声音在华良的后颈处响着。华良的脖颈能感觉到对方呼出的冰冷的气流以及灼热的火焰。与此同时,那只胳膊上的力正在不断加重。华良将其扼住,试图将对方摔过肩头,却失手了。那胳膊像泥鳅一样滑脱,只在他的手上和咽喉上留下了黏稠冰冷的脓血。

一颗燃烧着幽绿色火焰的人头，华良看到了。它就飘动在华良脸前两米之外，瞪着被火光映得幽绿色的眼睛，对华良虎视眈眈。不过，这并不是一颗单一的人头，只是那副腐烂的身体藏在黑暗之中。人头张开嘴，呼出低沉的声音，像是等待进攻的时机。究竟是人是鬼？枪就在脚下，但估计对方不会给他捡拾的机会。华良随手掏出莫天塞进他口袋的那包盐巴，一扬手臂朝人头撒了出去，同时俯身捡枪。

没想到，那包烟雾弹性质的盐巴却对人头起了作用。像触电一样地，人头立即倒吸起凉气，发出咝咝的声音，胡乱晃动起来。接着，华良看到了这具"行尸"的手，捂在脸上，痛苦地抓挠。然后，它就跑进了尸堆里。它在尸堆里窜来窜去，火苗飞溅，宛如一条着火的野狗。一具具尸体滚落在地，发出沉闷或者骨头折断的干脆声音。然后火苗从它们身上跳出来，幽幽跃动。华良用左臂托住枪柄，朝响动处开了两枪，子弹撞击石壁，火花四溅，回声激荡。忽然，"行尸"跳出尸堆，朝二层冲去。华良举枪要射，它已叫嚣着转过拐角。华良紧追上去，但却没能在二层找到它。忽然身后台阶传来响动，接着一楼也传来了奔跑声。华良跑下去时，塔里已经恢复了安静。在塔门外的石壁上，他发现了一个尚未干掉的散发着腐烂臭气的血手印。手印上沾着几粒淡黄色的槐米。放眼望去，华良只看见一丛槐树的枝干在空中伸展。它生长在大约五公里外。

华良来到槐树前,眼神沿着树干一直捋到树顶,落叶纷飞。这里像一个早已废弃的小村落,他一扇破门一扇破门地路过。所有门都开着,一样的落叶残缸,断墙枯树。最终,他在唯一关着的门前停了脚步。

华良翻墙而入,贴在墙根扫视院落。院子里只有两个摆在木架上的大簸箕,晾晒着发霉的陈槐米。屋门开着,堂屋里摆着一口黑色的棺材。秋风吹起,在华良背上激起了一层鸡皮疙瘩。

屋子里的光线很昏暗,空气中飘荡着一股霉臭味。华良手轻抚着棺材盖板,绕着棺材踱步。那个燃烧着的"行尸"很可能就在棺材里。忽然轰隆一声,屋门被风关上了。

黑暗犹如屋顶的灰尘,震颤之下簌簌下落,将华良密实地包裹起来。华良本能地离开棺材两步。而紧接着,又是一声骤响,棺材盖朝他飞了过来。

与此同时,那具带着腐烂恶臭的"行尸"从棺材里蹦了出来,咆哮着朝华良的脖子伸出双爪。华良躲开棺材盖,脖子上却被行尸划出一道血痕。他右手一挡,朝行尸踢出一脚。"行尸"被踢飞,撞上棺材后趴在地上。

在华良将门重新踹开之时,对方迅速爬起来朝里屋冲去。他的脸和胸膛上布满烂疮,在穿进来的光线中一闪而过。华良看了看右手,上面沾满了对方暗绿色的脓血。华良明白了,不是鬼,是人。鬼怕不怕盐巴他不清楚,但是一个长满脓疮的人怕不怕盐巴答案就很简单了。而头脸着火,也只不过是沾上了尸堆里的磷火而已。

退进里屋之后,那人就再也无处可退了,缩在墙角,浑身颤抖,像条绝望的狗。

"你别怕,我是巡捕。"华良擦了擦流血的脖子,"我只是想问你几个问题。你叫什么名字?"

"王,王胜。"

"这几天夜里,你都在积骨塔?"

"是。"

"你是不是还骚扰附近的居民了?"

"那个男人,骂我,他跑我就追。"王胜痴愣愣地说。

"那你为什么要半夜去积骨塔?"

"我找我儿子!"王胜激动起来,"他被妖红抓进了塔里!"

华良感到头顶一凉,仿佛有一柄斩马刀从那儿一挥而过。他坐到桌边的椅子上,把另一把椅子朝王胜拉拉,"坐着说。"

四天前的深夜,王胜亲眼看见妖红将儿子王小虎抓进了积骨塔。

那个月白如碎骨的深夜,王胜带着王小虎去附近的鬼山拾荒。他一无所有,穷困潦倒,何以立命?只能住别人遗弃的房子,捡别人遗弃的破烂,睡别人遗弃的棺材。至于为何要在深夜拾荒,王胜的理由也显而易见。他整个人烂得像一支正在融化的豆沙冰棍,白天出门就容易碰见过路的行人。而那意味着他和自己的儿子都要接受对方诧异的眼神、作呕排斥的表情，甚至是棍棒交加的驱逐，尽管他非常确定自己的脓疮并不具有传染性。

那一夜，月光照在鬼山上，土坡、凹坑和突出来的石块的影子犬牙交错，有些阴森。妖红出现的时间大概是子时。那时，王胜正抱着一只破木桶从山上下来，王小虎则坐在积骨塔门前的石头上捆扎一堆烂铁皮。王胜眼睛无意一瞥，看到一个身穿红袍，长发垂肩的影子从积骨塔飘了出来。

"她确实是飘出来的，脚离地！草上飞！不是鬼是啥！嘴唇，眼角，红得像血，不是妖红是谁？"王胜攥住双拳，瞪着华良捶打劈满裂缝的桌子，以示自己没有撒谎，"小虎却啥也不晓得。"

华良的视线越过王胜的肩膀，落在王胜身后的木架上。除了几只破碗，上面还放着一个奶瓶，以及一只接牛奶的漏斗。面前这个神志有些恍惚的流浪汉说的倒好像并不完全是疯话，起码木架上那奶瓶和漏斗是一个单亲父亲抚养孩子应该用到的东西。但从另一个角度讲，单凭这两样东西又什么也说明不了。

华良不吭声，听面前的王胜继续往下讲。那一夜，王胜看到妖红之后，便慌张地扔掉木桶，开始往山下跑。他的儿子还不晓得妖红已经来到了自己身后，依然低着头用麻绳捆扎破烂儿。听到父亲的呼喊后，王小虎抬起脸，嘴巴茫然地半张着。就在这时，妖红攥住了王小虎的脖子。王小虎只穿着一条裤衩，他实在是太瘦了，胳膊腿在空中晃悠，像一只拔了毛的鹌鹑，每一根肋骨都高高地鼓着。那个桃木护身符在他细瘦的脖子上摇来晃去，屁用不管。儿子的这副身板儿常让王胜心疼和自责，常让他为不能照顾好自己的孩子而痛苦。那一刻，他的儿子却被一个不知是人是鬼的东西粗鲁地拎在半空，随时可能丧命。

王胜冲过去时，小虎已经被拎进了积骨塔。他肯定要把小虎抢回来，可是当女人在门口转过脸时，他僵住了。夜风把盖在女人脸上的头发吹起，他看到了她猩红的嘴唇和眼角。

是妖红。王胜当时吓傻了，完全愣住了。缓过神来，身上的劲儿已消耗了大半。他去抓妖红的手腕，企图把小虎抢下来。妖红一甩红袖，他的胸膛就像被踹了一脚。他飞出门外，站起身时，妖红的红袖又一次甩了过来。沉重的塔门随之动了起来，轰然关上。

此刻，在王胜脑子里盘踞着的就是他从门缝中看到的最后一个画面。妖红猩红色的嘴唇一直咧到耳根，她在笑，却又完全不像在笑。小虎的嘴仍大张着，手脚徒劳地折腾，他的脸已经变成了紫色。

那一夜，王胜用肩膀撞，拿石头砸，塔门岿然不动。他扯着嗓子吼，回应他的只有五里地外的狗叫和鬼山挡回来的回声。门是在破晓时分鸡鸣之时自己打开的。那会儿他早已精疲力尽，坐在小虎先前坐过的那块石头上发蒙。附在门上的魔力随着黑夜过去而消散，咔嗒一声闷响，开了缝。他踹门而入，塔里没有小虎，没有妖红，有的只有早已被他搜刮干净的尸体和它们散发出的浓得化不开的臭气——昨夜就这样被抹除了。此后的几天,他会在子时准时来到积骨塔,搜寻小虎,一具尸体一具尸体地翻。拆掉塔门,以防它再次把他和小虎隔开。甚至不回家,就睡在尸堆里。除此以外,他别无他法。

"以后别再去积骨塔了,特别是夜里。"华良给王胜点了一根大前门,"我怕你妖红还没找到,就被人当成鬼打死。你儿子,我会替你找到,如果你真有一个儿子的话。"

"你这是啥意思?"王胜蹿了起来,被磷火烧得乱七八糟的头发根根竖立。华良没理会他,走出屋子。几个十来岁的孩子正在院子里朝堂屋探头探脑,一见到他,满面惊恐,撒腿就跑。

华良几步追上去,将三个小孩子堵在门边。"你们觉得我会吃人吗?"

"我们怕的是他!"

华良随着孩子伸出的胳膊转过脸去,看见王胜站在房门口。他的头发依然乱蓬蓬地竖着,满脸脓疮,正歪着头,面无表情地望过来。

"放心好了,他不是鬼。"华良从门边闪开,"也别到处起哄说积骨塔有鬼。"

"不,他也是鬼。人是没有鬼孩子的!"另一个孩子说。

王胜忽然撸起袖子,怒吼着冲了过来。三个孩子躲到华良身后,被华良的制服给予了勇气,跳着脚叫嚷,既是向华良告知,也是跟王胜争辩。把他们的话总结归纳,就是王胜的儿子非你我凡人,而是一副骷髅。不是说他瘦得可见骨头,而是在月光下,浑身白得瘆人。而且如果他不是个鬼孩子,为什么从来不敢在白天出门。听到这里,华良心中咯噔一下,再次打开了怀疑之门。

"那个孩子,生下来就在受罪。"驱走三个孩子后,王胜跟华良讨了一根烟,蹲在地上,像一只被同类叼啄的血肉模糊的落魄秃鹫。他看了一眼夕阳,说:"我的儿子有病,从没见过也从没听说过的病。一见太阳就会死的病。"

"一见太阳就会死的病?"华良盯着烟雾后面王胜黯淡的眼睛。他也从没听说过这种病,这让他更加怀疑王胜所谓的儿子是否真正存在。"你的儿子是在哪里生的?"

"市立医院。"王胜回答得面无表情,"我是个穷光蛋,但从知道我婆娘怀孕第一天到她住院的前一天,我都是一整宿一整宿得捡垃圾,医院是要钱的呀。"

华良敲响市立医院院长办公室的门是在两个钟头以后。由于两个钟头的夜路,头顶嗞嗞响的白炽灯让他有些不适应。院长就坐在有些刺眼的灯光下,双手摩挲着紫砂茶杯,朝他呵呵笑。显而易见,那是一种表面精致但实际上属于井盖性质的笑容,华良有预感不会有太多的收获。

结果也确实如此。

"你说的那个叫王胜的疯子我记得,一身脓疮,绷带包得比我们院里病人还多。当初还在医院里大闹了一场。"

"为什么大闹?"

"因为他的孩子一出生就死了。"

"死了?"一块石头滚进华良的胸膛,颠簸不止。

"对啊。"院长依然乐呵呵地,生死的事情他每天都会目睹,早已习以为常,"没保住。那孩子生下来就浑身惨白,毫无血色,也没气息。明眼人一看就不是我们院方的责任嘛。"

华良点了一根烟。头顶白炽灯的嗞嗞声仿佛陡然大了起来,乱纷纷地在他耳道里捅刺。

"我须要看一下王胜妻子的住院记录和孩子的出生证明。"

"没有啊。"院长手一摊,像听了个笑话,"孩子一出生就是死的,怎么会有出生证明?大人的住院证明也没有,我记得很清楚。来的时候羊水就破了,那个疯子用推车直接把她推进了大楼。情势紧急,根本没有时间登记。"

"那为大人接生的医生呢?我想找他聊聊。"

"已经辞退了。"院长颇为突兀地叹了口气,"那疯子每天都在医院闹,还引来了报社的记者。我们也没办法,只能表个态。最倒霉的当然还是那名医生,他是我们医院最好的产科医生,学识渊博,职感又好,前途就这么被个疯子给毁了。"为了表现遗憾,院长咂巴了几下嘴,吹吹茶叶,喝起水来。

"噢。"华良看着院长,点了点头。院长依然在朝他笑着,腮帮子翘起来,玻璃镜片后面的眼神闪烁不定。华良很清楚,他在撒谎。但是他为什么要撒谎?他在隐瞒什么?

再问下去毫无意义，华良想走了，看了看手背上被王胜指甲划出的口子流出的血水，随口问哪里可以洗手。病房走廊的墙上就有酒精消毒液，院长得意地向他介绍，全上海独一无二的，带桂花味儿的消毒液。

下楼后，华良从病房走廊取了点消毒液随便搓搓，搓出了一股子桂花味儿。之后他踱着步子来到了妇产科。几米外就是护士站，三个三十岁左右的护士正在嗑着瓜子聊旗袍布料。想了想，华良捋了下头发，走了过去。

一个钟头之后，华良回到了自己的办公室。空无一人的清冷空气让他积攒了一整天的纷乱思绪平静下来。他在纸上从右往左依次写下"医生""王胜""王小虎"和"妖红"。然后，他在"医生"下面加了一个"接阴人"，在王小虎的下面写了"鬼胎"。这都是护士站那三名护士的说法。

按照她们的说法，为王胜接生的那名医生之所以能让那么多胎位不正的难产病人转危为安，根本原因不是他医术好，而是他是一名接阴人。接阴人与阴阳眼一样，是先天带来，百年不遇的。世上万物，相生相克，而与"接阴人"相对的就是"鬼胎"。孕妇难产，很可能怀的就是鬼胎。鬼胎通常是孕妇的仇人转世，带着极重的怨气。而这种情况下，若还由一般医生来接生，那么孕妇就是九死一生。即使顺利生下，也只是噩梦的开始。所以，那位叫红枫的医生将鬼胎成功赐死于王胜妻子胎中，并顺利将两者分离，是施天命之举，被辞退很是冤枉。

华良自然不会相信什么接阴人的说辞，但是疯子的话就能相信吗？"疯子"是华良在王胜下边所做的标注，王胜说他有一个儿子，在几天以前被妖红掳走消失了，然而医院方面的回应是王胜的儿子一出生就死了。在"妖红"的下边，华良画了一个问号。这个传说以及一个疯子口中的女鬼是否存在，他现在也不能确定。世界仿佛变得越来越不真实了，仿佛每一个人的身后都拖着一个诡异的影子，而这些影子又相互勾连，组成了一个诡异的世界。座钟忽然敲响，在它一下一下沉稳敲完九下的时间里，华良一直隔着烟雾看它。之后，华良站起身，从储物柜里取出一只手电筒，走出了办公室。

6

在剧组放午饭的时间，高婕和莫天到达了片场。

一看到坐在阳伞下的白梦，莫天就兴冲冲过去了，那情形更像是他才是白梦的老同学。自我介绍以后，他把照相机往高婕面前一递，要了签名，又要合影，对站在白梦身后的赵熙满脸的不悦视而不见。然后他就从白梦面前的果盘里抄起一串葡萄，心满意足地到处溜达去了。

拍摄场地是一个舞厅，莫天吃着葡萄走上二楼，看道具师装吊灯。连接吊灯的电线不是常规材料，胶皮里包着的实际上是坚固的麻绳。另外两名道具师在装窗户玻璃。莫天想象得到白梦抓着吊灯荡到窗口然后飞跃而下的画面,真潇洒。他双手抓空,自己走了一遍位,假装身处脑海中的画面,飞到窗前,然后和玻璃一起飞翔。是真玻璃吗?这透明度不行啊,都看不清楼下白梦和高婕的脸了。他蘸了口口水触碰一下玻璃,舌头一舔,甜的。

"那个小开挺有意思。"白梦瞄了一眼吃着葡萄晃进舞厅的背影,从鼻孔里笑了下。

"他每晚睡觉前都会把脑子泡在水缸里,"高婕也撇嘴一笑,"所以每天都不正常。"

"你坐。"白梦热情招呼高婕,"别站着。"

高婕应着声弯腰要拖白梦旁边的椅子,手还没碰到,就被白梦拦住了。你坐那把,白梦的声音陡然提高,然后她笑了下,我们面对面,好说话。高婕坐下了,白梦又安排赵熙给高婕端吃的。高婕说不用,一会儿就走,白梦打断了她。

"你就让他去。他除了拿拿东西,还会干吗。"

"你们先聊。"赵熙淡淡地笑笑,点头离去。

接下来白梦说的话,也不过是些车轱辘话。她的手也一直没闲着,放下葡萄,拿起橘子,放下橘子,端起牛奶。没大一会儿,导演助理过来让白梦去候场。助理的声音冷不防在白梦身后响起,白梦肩膀一抖,杯子滑脱摔到地上,白色喷溅一地。

"差点儿被你吓死!"白梦站起身,瞪着助理。"你先随便坐下,一会儿看我'跳楼'。"白梦朝高婕挤出笑容,随即气呼呼转身离去。

高婕起身,想先把地上的碎玻璃捡一下,却赫然发现刚才她要拖的那把空椅子上已经有几粒葡萄,一瓣橘子,还有一小摊牛奶。她这才回想起,先前白梦的手没停,却一直没吃什么。难道这把椅子是白梦专门给小鬼留的?

高婕在电影开拍前走上舞厅二楼,和莫天、赵熙一起站在摄影机后面旁观。越过导演和摄影的肩膀,可以看到白梦。白梦的脸色有些差,或许是因为粉底太厚。赵熙很紧张,高婕可以明显感觉到他在颤抖。尽管白梦身后那根牵引绳很粗实,赵熙在五分钟以前也刚亲自查看过,不会有问题。

开拍正式开始。几个蒙面黑衣人忽然冲上二楼,白梦先跳上桌子,再从桌子上跃起,攀住吊灯。在把吊灯拽下来之前,高婕清楚地看到白梦紧张地闭了一下眼。接着,白梦就随着下坠的吊灯向窗边滑行。电线上的钉子从墙上次第崩落,电线呼呼作响。在牵引绳的控制下,白梦的姿态美得像飞翔。但是就在她双手松开吊灯穿过糖制窗玻璃时,牵引绳忽然断了。

一时,玻璃破碎的声音,绳索崩断的声音,白梦的惊呼声连成一片。众人奔到窗前时,白梦已经跌落在地。牵引绳的意外崩断和惊吓改变了她身上的力度平衡,她并没有完全跳到厚棉垫上,而是腰以下着地。

白梦躺在地上,蜷缩成一团,痛苦地呻吟。众人纷纷跑下楼。在去往医院的车上,高婕给白梦做了检查。骨骼没有大碍,胳膊腿有几处擦伤。但是高婕发现白梦怀孕了,血染红了白梦的白裤子,孩子很可能保不住。

与此同时,莫天留在片场进行详细的勘查。他挨个儿询问了工作人员,但没人明白绳子为何会忽然断掉。道具师用的是全新的牵引绳,另一名道具师和赵熙在开拍前各自检查了一遍,都没有发现问题。然而,从牵引绳的断口处,莫天却看到了严重摩擦的痕迹。

白梦的丈夫刘天民跑进病房的时候,白梦正面对着墙侧躺着啜泣。高婕坐在一旁的椅子上,看着白梦的诊断报告。赵熙拿着一杯被白梦推开的温水站在床边,像个不说话的衣架子。病房里充满了酒精和血的味道。

刘天民安慰几句,白梦转过头,一脸的泪水。刘天民心疼地咂着嘴,一手抚着她的背,一手拿手绢给她擦泪和花掉的妆。

"虚惊一场,没事就好。"刘天民接过高婕手里的杯子,给白梦喂水。"是没事儿吧?哪里还不舒服?肚子舒服吗?你怎么不说话?流了也没关系,可以再要,你最重要。"

"原谅我,没保住。"白梦趴进刘天民的怀里又哭了起来。高婕清楚地看到刘天民的肩膀一哆嗦,水撒到床上,洇了一片。

"还真没了?真没了?"刘天民说,白梦不说话,他就急了,把她拉开。"哎呀你别哭了!你不是没死吗?你看你都把我的礼服弄脏了!晚上我要参加个酒会,上海滩所有大导演编剧影视公司老板都到，我要去洽谈合作的呀！你这让我怎么见人？晦气！"

刘天民站起身，脖子一梗，走了。白梦哇哇大哭起来，"他根本就不在意我！你别站在这儿，你给我滚出去！"她忽然指着赵熙大骂。

"还有最后一个检查，我陪你去吧。"赵熙站在原地，忧心忡忡。

"我丈夫都不陪我做检查，你凭什么陪我？你还有资格命令我？"白梦大吼着，"我不检查！我死了算了！我要回家睡觉！这里的被子臭死了！高婕，你帮我穿鞋。"

7

华良再次来到鬼山的时间是晚上二十三点整。依然是把车停在路边，步行前往，然后藏在鬼山前的茅草丛中，像猫头鹰一样隔着流淌的山雾凝视积骨塔。夜风穿行，茅草摇荡，月亮忽隐忽现，雾气流淌出纷乱的形状。间或有幽绿色的鬼火从积骨塔的窗口飘出来，犹如轻盈的水母。在华良以往蹲点等待的时间里，香烟大多是时间的刻度。但这一次，他一根烟也没有点，也不知晓自己是否在呼吸。妖红出现的时间是零点一刻。

华良先听到的是细碎的铜铃声。声音从积骨塔方位传来,像眼前纤薄的雾气一样亦真亦幻。接着,他就看到了一个瘦长的影子。华良的眼睛一直盯着积骨塔的方向,但他却不能判定那个影子是从哪里走出来的。好像黑夜是一张纸,影子就是被一把看不见的剪刀从这片纸上利落剪出来的。云彩经过了乌云,月光重新洒向积骨塔前的土路,将影子照亮。对方穿着一件艳红色的长袍,长发及腰,拖着一张结满铜铃的网,背对着华良,缓缓向积骨塔移动。华良看不见她的脚,也丝毫看不出隐藏在长袍下的双腿行走时形成的曲折。妖红就那样飘进了积骨塔。

  大概十分钟以后,一朵朵鬼火密集地飘出了塔门。妖红出现在其后,仍然拖着那张网。铃声比先前响了很多,此外华良还听到了重物摩擦地面发出的钝重的声音。一朵朵鬼火从她身后涌出来,将她包绕。在幽绿色的火光之中,她从头发中露出来的猩红色的嘴唇艳丽得像沾血的刀。

  妖红拖着网,缓慢地飘到了路上。经过华良藏身的茅草丛时,华良看清了网里的东西,那分明是一个五六岁孩子的尸体。月光之下,尸体通体发着紫黑的颜色,膨胀着浓烈的腐臭。华良极力想看清妖红的脸,但是由于头发的阻挡,他只能看到她高耸惨白的一部分颧骨和鼻梁。然后,又一朵乌云挡住了月光,华良连妖红的鼻梁都看不到了。而正是在这一刻,妖红忽然停下。她缓缓抬起头,看了看天上那朵发亮的云彩,朝尸体转过了身。

  在距离华良只有十米的地方,妖红将网中的尸体提了出来。铃声细碎,像躲在暗处的低笑。妖红背对着华良,华良看不到她在做什么,只能听到铃声和骨骼被拧断的声音。待她蹲下身时,那具尸体已经盘腿坐在了路中央。接着,妖红擦燃火柴,点亮了从袍袖中取出的一段蜡烛。

妖红开始取尸油。就像白天莫天讲述的那样,用蜡烛烘烤下巴,将尸油接在一个木匣中。妖红在用暹罗法术制作小鬼?透过在风中摇动的茅草,华良密切地注视着妖红的举动。在腐肉烘烤下的吱吱作响中,他从口袋里掏出了雕刻刀。

刀碰草秆,发出低响,妖红陡然间转过了头。华良终于看清了她的全貌,脸狭长苍白,嘴唇、眉角和眼周鲜红如血——一副宛如面具的脸,毫无鲜活之气。而此刻,这张脸就正冲着他。是时候现身了,看看她究竟是人是鬼。华良的右掌放开,再度握住刀柄,将雕刻刀射了出去。

飞刀深深地插入了妖红的右臂,妖红身子一抖,开始朝积骨塔跑。华良终于看见了她长袍之下的双腿。

但就像王胜讲的那样,妖红一跑进积骨塔就消失了。华良举着手枪和电筒从一层搜到四层,花了一个钟头,都没机会把最后一颗子弹发射出去。地上血迹斑斓,根本无法追踪。可是积骨塔只有一个出口。华良走出塔,用手电查看地上的血迹。血点连成的线依然只有一条,这说明妖红此刻肯定还在塔中。或许她像王胜一样藏在了尸堆之中,黑灯瞎火仅凭他一人想要找出她,并不容易。而附近也并没有电话亭,如果他回巡捕房叫人,那不等他到巡捕房,妖红肯定早就逃走了。没有办法,只能作罢。

夜风在街道上穿行，落叶掠地，刮擦出干硬的声音。凌晨四点，华良把车开进了公董局大门。距离天亮还有两个钟头，他不打算回寓所了。

再次坐在办公椅上，华良感到肩背酸沉。白天他所看的报纸和莫天拿过来的小报现在都还摊在桌上，仍旧都是马象红和白梦的版面。小报上说，马象红表面上是茅山术的传人，但实际上他还精通暹罗降头术。妖红先前取尸油的情景浮现在华良眼前，那正是用暹罗降头术制作小鬼的方法。华良长舒了一口气，伏在桌上。他决定小睡几个钟头，然后就去白云观。

8

白梦的房子是一栋二层洋楼，是她父母留给她的房子。家具和墙壁无所不见的洛可可曲线让高婕心里起腻，宛如看见了奶油蛋糕。白梦将沙发上窝着的那块带流苏的毛毯一把揪起，扔到地上，招呼高婕坐下。

"他已经一个月没回过家了，原以为有个孩子能拴住他。"白梦苦笑一下，眼里又浸出了泪，"'走吧，就任我随风飘去。'呵呵，这句台词可真应景，我应该重新拍一下这段戏。我去给你冲咖啡。"

"一会儿我自己冲。"高婕扶起白梦，"你先去卧室休息，有事就叫我。"

高婕从白梦卧室出来，去厨房冲了杯咖啡。坐在说话都有回声的客厅里，感到格外的清冷。她紧了下肩膀，端着咖啡站起身，在一楼随便转转。她看到一堆儿童玩具放在阴暗的角落，不知情的人看到这光景，不会想到那是怀揣着孕育生命的温暖心情为尚未降生的孩子精心准备的。凝视着那堆玩具的时间里，高婕头顶的天花板忽然传来了响动。

咚咚咚咚，像是皮球滚落的声音。楼上有人？有个在玩球的孩子？白梦不是自己住吗？高婕看着天花板，然而声音消失了。也可能是老鼠。老鼠钻进天花板，在里面走动是常事。在高婕放下心来的时候，声音又传来了。这下高婕可以确定，那绝不是老鼠走动的声音。

高婕将咖啡杯小心地放到茶几上，无声地走上楼梯。那个房门关着的屋子正是先前她所站位置的正上方。她凑近房门，手握上门把手时，皮球仍然在地板上滚来滚去。是谁呢？一拉开房门，那只皮球就滚了出来，撞到高婕的脚尖，改变方向后继续向前滚去。

而屋里空无人影。

绝对没有藏匿的可能。屋里没有床，没有衣橱，只有一个放着一杯牛奶的小桌和一地玩具。但眼下并没有地震，皮球怎么可能自己运动？疑惑中，楼下又传来了声音，仿佛是婴儿的哭声。

高婕奔下楼，尽量放轻脚步，来到白梦的卧室前。门虚掩着，透过那道缝，高婕可以看到白梦。白梦背对着她站在窗前的一小片夕阳里，用小刀划开了自己的左手腕，让血淌到窗台上那盆正开着的花里。然后高婕又听到了一声婴儿哭，声音很低，以至于她能听出是从白梦的卧室里传来的，却无法分辨来自哪个方位。她推门而入，受到惊吓的白梦跌倒在地。

为白梦包扎伤口的时候，高婕看到了白梦左臂上密密麻麻的针眼。有的已经退了痂，有的则没有。但她尚未问出口，就被白梦烦躁地推开了。白梦气冲冲地进了洗手间。高婕站在洗手间门口，看白梦用一捧捧冷水拍打自己的脸。她想进去制止，又怕会使白梦更加暴躁，只得坐回了沙发。

洗完脸的白梦看着镜子里的自己，不时微微侧转一下脸，自信地端详。忽然，她看到了一双小手分别从自己双耳后面伸了出来，不由分说地捂住了她的眼。那是一双血色的半透明的手，所以白梦的视野变成了血红色的，镜子里的自己在这血雾中变得影影绰绰。

当白梦再度产生意识时，那双手不见了，自己却躺在冰凉的地上。她感觉头部剧痛，仿佛刚才那双小手正在她脑袋里翻搅捏弄。她想摸自己的头，好不容易可以移动双手，却发现无论如何也摸不到。手遗忘了通向头部的路径，感觉不再准确。而且除手之外，她的全身都不能动弹。她在这一刻理解了作为树的绝望，竭尽全力，却只能让身体微微抖动。脖子上的筋脉通通胀起，声带却无法产生一点震颤。与此同时，她感觉到在她脑袋里翻搅的那双手开始向下挪移。经过颈椎和脊椎之后,那双手进入了她的子宫,继续翻搅。剧痛之中,血液从她的腿根流出。她能感受到血液的速度,简直澎湃得像一条河流。血浸透她的裤子,淌到地板上之后,却没有蔓延,而是形成了一个旋涡,并且兀自累积叠高,形成一个血柱。她依然发不出任何声音,眼睁睁看着从自己身体里流出来的血像微型飓风,像眼镜蛇一样在自己眼前立了起来。好在,她的肚子仿佛没那么痛了。

接着,那股血柱开始形变,出现了头颅、脖子、躯干和双臂,变成了一个小人。它张开嘴,挥舞着双臂,朝白梦无声地咆哮。然后它就迅速钻进了白梦的双腿之间。白梦感到子宫一下子扩张开来。那东西在她肚子里来回穿梭,迅速膨胀。这一刻的痛苦她从来没有感受过,比几个钟头之前从楼上摔下时更加让人绝望。颤抖之中,她呼喊了出来,身体也终于苏醒。

高婕冲进来时,白梦仍在呼喊。被汗水浸透的头发紧贴在白梦脸上,地上血污一片。直到一个钟头之后,白梦依旧在两床棉被里瑟瑟发抖。床头柜上打亮的台灯把她的脸映得格外苍白憔悴。

"有鬼。我看见它了!"

"别胡思乱想。你在片场受到了惊吓,刚刚的出血是流产后的正常现象,你须要静养,不能剧烈活动。"

"你不懂!"白梦咆哮道,"是反噬,小鬼反噬⋯⋯"然后她就说不下去了,她感到那双小手钻进了她的喉咙,并将其紧紧堵住。她摁着床沿,剧烈地干呕起来。高婕这下确定了,白梦真的在养小鬼。

高婕伸出手,为白梦把脉。她的手猛地抖了一下,她完全不能相信,重新诊了一遍。没错,是喜脉,几个小时前才流产的白梦重新怀孕了。白梦却丝毫不意外,只是一脸的灰暗绝望。

"我刚才说过了,小鬼反噬。就在刚才,它霸占了我的子宫。"白梦回到卧室,颤巍巍地捧起阳台上那盆花。她滴在花盆土里的血已经凝固,像深红色的油漆一样黏稠发亮。白梦幽幽地问,"你可知道,这花为何会开得如此鲜艳?"

高婕在她身后说:"因为花青素的作用……"

"不对!"白梦厉声地打断了她,语气仿佛一个失去耐心的老师面对一个总学不会常识的学生。顿了一下,她的脸上又升起了一丝得意,"因为它一直在喝我的血。只要它一直喝我的血,它就会越来越红,而我,自然也会越来越红。我们,是一体的。'大东亚共荣圈'是真是假我不管,我和这朵花,绝对是真的。更为准确地说,这花只是它的表象。它无处不在,也无处不给我这样那样的启示。"

看着白梦美丽却毫无血色的生冷的脸,高婕好一会儿没说话。白梦心中的想法,那像飓风一样时刻盘桓在其中的欲望,高婕理解,但又没那么理解。她喜欢医术,刻苦钻研,也得偿所愿地拯救了很多人,但是这其中一点欲望的意味也没有。高婕不仅不能感受被全上海滩认识,被众人簇拥,在镁光灯下打扮得花枝招展的吸引力,反而一把自己放进这种假想的场景中去就感到压抑。她也对挥金如土的生活没有丝毫向往。如此想来,她心中其实就从来没有过飓风一样推动自己不断画下生命印记的欲望。而白梦和她,属于完完全全的两种人,从学生时代起就是这样。所以高婕不说话,只去听白梦去讲述那"无处不在的启示"。

按照白梦的说法,她事业顺风顺水的起点就是她养小鬼那一天。刚把水果和玩具放上供桌,不出十分钟,她就收到了电影公司的电话。很快,她在第一部电影中出演了一个角色。尽管演的是一个只有几句台词的丫鬟,但那也是她曾经求之不得的。而没过一年,她就已经成为全上海滩无人不知的电影明星。在这一年里,小鬼让她变得越来越美丽,这种变化谁都看得出来,甚至可以说是脱胎换骨,这就是她越来越美的秘密。她也能感受到小鬼时刻跟随在左右。不管是在片场,酒会,还是在家,她都能感受到那股只属于小鬼,只属于她自己能感受到的气团。世界就是一个浩大的气团,空气中浮满了人鬼神的语言和思绪。大部分人不能觉察到,更谈不上接受,而她和小鬼的思绪早已联作一体。她经常可以听见小鬼的话,是一个小男孩的气声。我饿了,我要喝牛奶。我很无聊,你给我买新的玩具。这里太无聊了,我回家等你。而在家里,小鬼的"行踪"会体现得更为明显,有时甚至会到其他人都可以察觉到的层面。白梦时常能感受到他的注视,时常听到他在她床底爬行,或者在二楼的玩具房摆弄木马、皮球的声音。

而她绝不会，也绝不能去打扰他，掀开床底或者去玩具房偷窥是万万不行的。每个人都需要各自的空间，更不必说两种不同的灵魂物质。结婚依然住在这里也是小鬼的意思，只要是小鬼的意思，她就会照做。可她还是惹它生气了。她怀孕了，怀了一个自己的宝宝。就在几天以前，她从医院得知了这个结果。当夜，小鬼第一次在她面前显现了形体。她没有看见它的脸，但那双手以及在她身上留下的触觉却是实实在在的。那双手凉如玻璃，掐住她的脖子，质问她为何要抛弃他。她挣扎着醒来，却并不认为自己摆脱的只是一个噩梦。梦会醒，但是那冰冷的触觉还烙在她的喉咙上，小鬼也依然还在她身边。一早，她就去请教了大师马象红。马象红证实了她的判断，小鬼很愤怒，因为她有了自己的孩子。

"今天在片场的意外也是它干的。"白梦说，"绳子一断我就明白了，我只是不想说。牵引绳是新的，开拍前也经过了严格检查，平白无故怎么可能会断。落地后，它在我耳边笑，告诉我，是它咬断了绳子。"白梦自嘲地笑笑，看了看手里的花，"这朵花很快就会谢的，我也一样。"

"你只是想太多了。"高婕再次安慰，然而那兀自滚动的皮球和婴儿的哭声正在她脑海中持续，让她对自己的这句话充满了疑惑。

倒水回来的时候，高婕看见白梦又握住了一把剪刀。白梦两只手握着剪刀，剪刀的尖就触在她的腹部。她的呼吸有些急促，像是在调动足够的勇气，把她口中的那个

"鬼胎"剖出来。

抢剪刀花了高婕很大的力气。白梦的手就像尸体一样僵硬冰冷，关节焊住，难以掰动。剪刀一离手，白梦全身的力气就忽然被抽空了。她躺倒在床上喘粗气，不可思议地看着高婕抢下来的剪刀。仿佛她刚从一个噩梦中醒来，而刚才操纵她身体的是另一个灵魂。

"过几天，等你休养好了，我陪你再去一次医院，看看是不是真的怀孕。"高婕握着剪刀说，"单凭诊脉说明不了什么。"

"难道你还不明白？"白梦浑身哆嗦着，"它是世人看不见的东西，医院的报告解决不了我的问题。只要我能感知到它在我肚子里，它就是在我肚子里。你相信科学，但我要告诉你，科学会让人变得狭隘。"

高婕没有反驳，转身拉开窗帘。夜幕降下来，月亮和街上的路灯都已经亮了。高婕看到赵熙在铁丝门外低着头抽烟，忧心忡忡，走来走去。可能从她和白梦到家的时候，赵熙就来了，一直不敢进来。赵熙扔掉烟，朝窗户望过来，看见高婕朝他招手，他笑了。

上来以后，赵熙什么也没说，脱掉西装，挽着衬衣袖子进了厨房。洗菜的声音，淘米的声音，敲鸡蛋的声音，剁肉馅儿的声音，肉丸进油锅的声音，此起彼伏。高婕笑着说，你这个助理还挺麻利。白梦嘴一撇，都快让他烦死了，每天都做那么多，赶都赶不走，害得老娘觉都睡不好。高婕笑笑，没开口。

一个钟头后准时开饭，三菜一汤。白梦心情不错，一边嫌赵熙做得不合口，一边把空碗伸过去，让他盛饭。兴许是在家吃饭的缘故，白梦先前的绝望压抑以及赵熙身上那股冷冰冰的戒备感都消融在了腾腾的热气中。白梦像是故意躲着流产、刘天民、小鬼这些话题似的，引出的话题都是学生时代的趣事，气氛轻松，还邀请高婕参加她明晚在金门大酒店的生日会。当然，她的身边，依然有一把空椅子，来盛接她不时不动声色放上去的饭菜。

时过九点，高婕起身告辞。赵熙下楼送她。在路边等黄包车的那一刻钟的时间里，是赵熙先提的他和白梦的关系。

"你一定看出来了吧，你那么聪明。"赵熙有些羞涩地笑了笑，"不过我们并没有那层关系。我只是单方面喜欢她，从上学时候起就喜欢。那时候，所有同学都嘲笑她，欺负她，只有我觉得她在发光。事实证明，我没有看走眼。"

沉默了一会儿，赵熙隔在烟雾那边的眼睛稍微眯了一下，目光中多了几分沉重和痛苦。

"我愿意尽我全部的力量去保护她，为她在这个污浊的行业里开辟一条清净的路，然后站在一边，看着她不断往上走。她是一颗明珠，理应站在最高的塔顶，和星星一起闪耀。但是有些人却是瞎的，从来不知道珍惜她。"

"你说的是她丈夫吧。"

赵熙没回答，隔了一会儿说："在生活上，我能做的也只有每天给她做顿热乎的饭。"

坐上黄包车以后，高婕眼前闪现出了一张便笺纸。那是她离开白梦家门前，从墙壁上看到的。便笺纸上写着白梦歪歪扭扭的黑色钢笔字：十一月二十五日，大师马象红于白云观面见信众。

高婕没有问白梦小鬼是从哪里请的，因为她清楚即便问了白梦也不会说。但是在高婕看来，很有可能就像莫天那张小报上说的，卖给白梦小鬼的人是马象红。明天就是十一月二十五日。高婕收起便笺，挺了挺腰。她决定借这个时机去白云观会会那个马大师。

9

莫天从片场离开时，带着一件黑色的夜行衣。

这件夜行衣是他在片场的演员休息室找到的道具服。在挨个询问道具师牵引绳的状况无果后，他又开始盘问那些演员。十分钟以后，他意识到自己盘问的真正意义其实在于时间的度过。因为十分钟以后，一个穿着夜行衣的临时演员匆匆跑进了片场，而他的话把莫天带上了正确的方向。

那个临时演员在开拍前十分钟忽然闹起了肚子。用他的话说，从小到大，他的肚子就没那么疼过，就像有只刺猾在里面翻跟头。否则他就能和其他几位临时演员一样，与白梦小姐演对手戏。可是如众所见，刚才临时演员是齐整的，否则也不能正常拍摄。莫天自然想得到，那个顶替这个临时演员的人，应该就是对绳子做手脚的人。莫天冲进休息室，没见到人，只有这件道具服。它背着光挂在一张椅子上，胸前却有一抹隐隐的光亮。

那抹光亮是口红。能发光的口红可不多见，至少已经给三十多位年轻女士买过口红的莫天从没听说过。想象着一个在黑夜中发光并朝他弯起嘴角的美丽嘴唇，他蹬上挎斗摩托车，来到了百货大楼。他总去的那家化妆品柜台品牌众多，价格不菲，营业员给了他答案。那是丹丽公司新研发的荧光口红，还没正式上市。营业员知道它是因为丹丽公司方面送过来的宣传页，说着，她把一本薄薄的画册递给了莫天。

"莫少爷您看，很漂亮吧。货一到，我就给您打电话，让您的女朋友成为全上海滩第一位用荧光口红的女士。"

"我没女朋友。"莫天翻看着画册，眼神从一个个五官精致的沪上名媛的脸上扫过，"就算有，她也绝不是全上海滩第一位用荧光口红的女士。"

"这些只是广告模特儿。"营业员赔着笑说。

"哟，还有方燕呢。"莫天在其中一页停了下来。照片上的方燕脸庞瘦长，穿着一件无袖旗袍，嘴朝镜头高高地噘着。莫天记得，这个方燕是电影公司老板刘天民曾经的女友。"这演员不是早都过气了嘛。"

"这是旧的宣传册。前几天丹丽公司打来电话,通知我们,他们已经和方燕小姐停止了合作,选择了眼下更有名气的电影明星,决心把这款口红打造成丹丽公司的又一个拳头产品。丹丽方面很快就会把新的宣传图册送来。"

"新的电影明星是白梦小姐吧?"莫天问。

"正是白梦小姐。"

"我说呢,"莫天撇嘴一笑,低声自语,"这是打击报复啊。丢了男人,又丢了事业,不报复才怪。"

莫天是当晚十一点在米高梅舞厅找到方燕的。方燕穿着口红广告上那身旗袍在舞池里跳舞,没戴项链,没戴耳环,脸上还有块瘀青,黯淡得像一条得了白毛病的金鱼。全身上下,只有她的嘴在发光。看到莫天,她带着一脸媚笑,主动走了过来。

"莫少爷,请我跳一支舞吧。"

"真没想到惊艳上海滩的明星方小姐竟然还认识我这种小角色。"莫天邪气地笑笑,盯着方燕荧光的嘴唇,挽起了她的手。

"我也没想到银行大亨莫向南先生的公子心竟然这么狠,会往女人的心里撒盐。"

"哪里,我是心疼。我觉得那个白梦做得有点太过分了。抢了你的男人,还抢了你的前程。"

方燕用鼻子哼了一声。"那个婊子从我这里抢走的,比你知道的更多。"

一支舞的时间,全是方燕对自己命苦的倾吐。她已经完全变成了一个怨妇,每个字都是咬着牙说出来的。如果不是那群散发着浓烈汗臭的流氓突然挤进舞池,她会继续倾吐下去,直到人群走光,舞厅关门。

刘天民的退婚不仅让她在爱情上受到了打击,连她的父母都开始嫌弃她,将她扫地出门。认识刘天民之前,她只是一个女校的大学生。从家里搬出来后,她连完成学业的费用都付不起了。在这个生命的拐点上,她干脆放弃抗争,就地一躺,让世界推动着自己行进。由此,她认识了几个朋友,都是无所事事的流氓混混。讲到这里,那几个鬣狗一样的流氓就冲进了舞池。他们已经看见了方燕,直奔两人而来。莫天还没摸清状况,脸上就挨了一拳头,顿时人群四散。厮打中,方燕用高跟鞋尖踹了另一个流氓的裆,接着她就被人从后面拽住了头发。莫天从腰间掏出手枪,几个流氓举起手,连连后退。趁这空当,莫天拉起方燕的手,奔进走廊,从后门跑了出去。

穿过几条相互交错的弄堂之后,后面紧追的坚硬的皮鞋声逐渐听不到了。两人扶着墙,气喘吁吁,然后方燕就大笑了起来。"怎么样,躲债的生活有意思吧?"笑完,她开始摸腰间的口袋,眼睛一瞪,俯身寻找。借着月光,她最终在另一条弄堂里找到了她的带着一个心形吊坠的金项链。

"这东西还值几个钱。你说你,早把这个给他们,老子这脸也不至于肿成这样。"

方燕低着头,细心擦去项链上的土,很认真地说:"有的可以给,有的绝不能。"

"那你跟我讲啊,钱我有!"

方燕没说话,打开了那个心形吊坠。莫天分明看到吊坠里嵌着一张照片。"方小姐,你够深情的啊。"莫天夺过去,一看,惊讶炸了一脸。

照片上的人,并不是刘天民,而是白梦的助理:赵熙。接着,方燕就把项链夺了过去,把吊坠合上,小心地放进里袋。

"我刚才说了,那个婊子从我这里夺走的,比你知道的更多。给我一支烟。"

"我只有这个。"莫天从口袋里掏出烟斗。

两人倚墙坐下,交替抽着烟斗。烟雾淡薄,方燕的语气也有些淡薄,和烟雾一起浮在两人的头顶。她和赵熙第一次见面是在半年多前的酒会上。他英俊闪亮,每一个部位都彰显着年轻的锋利。他和刘天民截然不同,后者只是一团充满褶子和油味儿的颤巍巍的肥肉。这还只是他们的第一点不同,而第二点不同更为重要。看着她的时候,赵熙的眼睛是放光的,让她真切地感到他的眼里只有她,他的心灵渴求和她的心灵契合。而刘天民那双被眼袋裹着的眼睛里散发出来的,永远是污浊的性欲,他想要的只是她的年轻,以及她年轻的身体。那段时间她觉得自己变成了一尾小鱼,灵动地躲开刘天民的视线,与赵熙频频相会。她第一次知道爱情是怎样一回事,她坚信自己和赵熙的相遇就是书上说的天命之爱。爱情与名气、钱财都毫无关联,他们只是一对被天命安排在一起享受美好时光的男女。但是最终,刘天民还是发现了,不仅解除了婚约,还解雇了她。而几乎与此同时,赵熙也消失了。

那段时间,方燕每天都会去一遍他们约会过的咖啡馆和法国餐厅。在一个月后的街头,她终于看到了赵熙。赵熙为一个很漂亮的小姐开车门,然后带着对方驾车而去。她拦下黄包车焦急追赶,好在轿车在下一条街道就停下了。赵熙下车,帮小姐开车门,跟随在小姐身后进了一幢大楼。而那幢大楼,方燕再熟悉不过。那就是刘天民的明光电影公司,也是她过去所在的公司。不久,那位小姐开始频频出现在杂志插图和电影中。她当然就是如今如日中天的白梦。

"你知道吗?短短一年前,让那个婊子演我的丫鬟她都能开心得蹦高。后来,我打电话给过去的助理,才知道,赵熙是那个婊子的助理。刚进公司没几天,她就踹掉了公司分配给她的助理,自己找来了赵熙。没多久,白梦就嫁给了那团肉球。看出来了吗?这就是一个局。"

"可是这么说的话,赵熙也不是她抢走的。更为准确地说,一开始,他就是白梦这头的。"

"你看问题太浅显了,莫少爷。"方燕的语气有点不屑,"单纯从事情上看,确实如此。但是你要知道,所有事情,都不止一个层面。赵熙对我是有感情的,这个我可以确定。只不过他最终还是选择了一个婊子,舍弃了我。我看得出来,他喜欢那个婊子。他甚至为了遂那个婊子的意,让她嫁给那头猪。呵,悲哀的婊子!"

"我觉得赵熙更悲哀。"莫天瞄着方燕,"无论如何,我也不会把自己喜欢的人献给一头猪。"

方燕好像很满意莫天语气中故意营造出来的暧昧,把烟斗放进莫天的嘴里。"谢谢你救我一命,我请你喝酒。"

"去哪儿?那群流氓到处抓你呢。"

"米高梅。"方燕站起身,"只有他们查过的地方才最安全。"

喝酒前,方燕先在前台打了个电话。连干三杯后,方燕的眼睛亮了。她干脆坐到莫天的大腿上,搂着他的脖子和他喝。又喝了三杯,接到她电话的四个朋友找了过来。都是男的,相貌和举止都与先前那帮追债的流氓没什么区别。

方燕从莫天腿上跳下来,跟他们勾肩搭背,互喷脏话,哈哈大笑。趁她去拿酒,那个满脸坑的光头朝莫天嘿嘿一笑,露出草菇一样七扭八歪的黄牙。"怎么样,燕子的屁股软吧?"

"再软不也被刘天民和那个姓赵的甩了?"莫天从果盘里抽出根牙签叼在嘴里,学着光头的语气说。

众人倚着沙发一阵哄笑。一个脸颊塌陷,额头有刀疤的小瘦子接话说:"不是我们燕姐屁股不够软,是她实在太硬,一般男人招架不住!"

又是一阵哄笑。莫天寻思着有谱,或许真能再挖点线索出来。"怎么就招架不住了?"

留背头的男子朝前台瞅了眼。"你不知道,我们方大小姐春风得意的时候,情人多得能养一个黄包车队。可她的乐趣那叫一个与众不同,约会带着手铐和皮鞭,就像个76号的女特务。不知道的以为是上床,去了才晓得那叫上刑!没人敢来第二遍!"

"嘿,还也就那个姓赵的贱骨头。"离莫天最近的小胡子跟莫天碰了一杯,"任她百般招呼,我自暗暗承受。这可真是天生的一对儿!燕子还真爱上他了,天天给他上刑。后来可不就暴露了。"

"兄弟,"刀疤小瘦子对莫天说,"我看,那女特务是又看上你了。我劝你早点撤,看你白白净净的,受不了拷打。"

众人再次哄笑。见方燕过来,几人立刻端起酒,客套着互相碰杯。方燕看了看几人,才在莫天身边坐下。

"胖头怎么没过来?"方燕斜过身子,问她先前打电话的小胡子。

"电话打了,没接。谁知道又去哪儿搞情报去了。不管他,我们喝我们的。"

"哟,"莫天一乐,"你们这里边还有地下工作者呢。"

"可不嘛,"小胡子说,"要是他识字,完全是个大记者。举个例子,谁知道大明星白梦怀孕了?可能胖头比她男人知道得都要早!"

莫天眼睛一闪,随着几人大笑碰杯。他余光中的方燕扯着嗓子划拳,她脸上的瘀青,荧光的嘴唇,以及被流氓抓乱的头发在昏暗的灯光中,显现出一些伤感的色调。趁他们不注意,莫天用没端酒杯的右手小心抠开放在他旁边的方燕的手包,伸了进去。然后他就摸到了一块带木把的充满刀齿的铁片。是锉刀,刀齿上还缠着一些从麻绳上拽下来的纤维。人赃俱获,莫天心中暗喜。但他没有留意,他左侧的小胡子同时也把手伸进了他的风衣口袋。小胡子是个惯偷,手法比他轻巧得多。在莫天把手伸出回过神来的时候,小胡子正拿着一张展开的纸瞪着他。另外三个也是同样怒目而视的神情。

"弄了半天,你小子也是个搞情报的。这是什么?"小胡子把桌上的酒瓶扫到地上,将那张巡捕房的文书拍到莫天面前。

"揍他!"背头嚷着站起了身。

方燕拉起莫天就跑。两人这一夜第二次从米高梅的后门窜出,在纵横交错的弄堂里狂奔。凌晨两点钟,两人在夜风中坐到了一个馄饨摊的小桌前。方燕吃了个馄饨,拿出手绢擦擦嘴。她的嘴唇不再发亮,她的声音也充满倦意。

"你刚才真不应该拉我走。"莫天叼着烟斗,很严肃地说,"你去中央巡捕房打听打听,有没有一个叫地狱恶手的明星巡捕。那几个小喽啰绝不是我对手。何况,我要抓你。"

方燕笑了笑。"既然你都知道了,就带我走吧。这阵子我可没少进去,我正愁没地方躲债呢。"

"这次进去,可就没那么容易出来了。"莫天没有动筷子,"你这叫杀人未遂。"

"杀人未遂?"方燕抬起头,眉毛一高一低地挑着,"巡捕大人,难道我割断的是那个婊子的降落伞绳吗?难道她从一万米高空掉下来摔成了老鹰粪吗?我只是想给她一个教训。我也已经打听到了,她只是流产而已。"

"流产还不严重吗?"莫天的眉毛拧在一起,"你不是杀人未遂,你亲手杀害了一个生命!"

"哼。"方燕从鼻孔里冷笑一声,"什么生命,只不过是一团肉。"

方燕愣了下神,继续吃馄饨,连汤都喝了。她用手背擦了擦嘴,直起背。"我跟你走。但我想告诉你,我还爱他。"

在羁押室录完口供,已是凌晨四点半。莫天本想回家补个觉,但看到办公室里亮着灯,就知道华良回来了。他用肩膀撞开办公室门,朝趴在桌子上的华良吹了个口哨。

等莫天添油加醋地讲述完他的劳动成果,黑夜已经褪去了大半。站在窗前的华良却依然看不清路边的法桐树,因为起了雾。华良想,方燕的仇恨像雾气,白梦的欲望也像雾气。仇恨和欲望都会让人迷失,看不清这个世界。

"神探,你补个觉。"华良看着窗外说,"然后带你去白云观参观。"

莫天没应声。他已经仰在椅子上睡了过去。

10

高婕来到白云观门前的时候,和从她身边匆匆走过的农妇没有任何差别。她脱下长款大衣和高帮军靴,换上粗布衣服和手纳布鞋,还在头顶扎了一块毛巾。由于整夜未眠,她的脸色有些黯淡。她就带着和身边的人一样崇敬迫切同时又饱受生活摧残的神情,走进了白云观厅堂的人堆里。

嘈杂的人声里充满了焦灼的欲望。要更有钱,要祛除病魔,要成名,要长生不老,要扭转乾坤绝地而生,要个儿子延续香火……人们一边诉说着这些,一边靠马大师以往的灵验实例互相鼓励。他们因自身内部分泌的精神药品浑身颤抖。一个众人拾柴火焰高塑造起来的伟岸神灵,在真身现身以前,就已经在众人的头顶悬浮。当马象红真正出现的时候,他们能做的就是争做第一个下跪的人。

跪在地上的高婕微微抬头,瞄了一眼马象红。相比她身边像辣椒水一样焦灼的信徒,马象红倒是像一杯茶一样清淡,真有点仙风道骨的意思。他身形清瘦,右眉间长着一颗痣,皱纹不算多,四五十岁。一身红色长袍,灰白色的头发在头顶绾成髻,上面插着一根桃木簪子。他右手握着的拂尘软软地搭在左肘,在阳光下,亮得像天马的尾巴。

马象红并没有开口,替他传话的是他身边那个有些横肉的胖徒弟。时机一过,点亦不中,所以时间有限,师傅只会选择一人解惑开悟。在徒弟的宣告声中,马象红左手端着拂尘,绕着跪倒的信众走了一圈。最终,他选中了一位妇女。

那位妇女穿着贵气,脸如猪肝,像一朵插在珐琅彩花瓶中的萎蔫的牡丹花。她站了起来,虔诚地向马象红行礼。但她还未开口,就被高婕抢了话。

"大师,你先给我看看好呗,我的事很急的呀!"高婕站起来,用浓重的地方口音说。看到信徒们不满地朝她转过脸,那个胖徒弟也面带不悦地朝这边走过来,高婕干脆一拍手哭了起来,"大师哦,救苦救难的活菩萨,你就救救我吧,我苦啊,我快死咧!"

马象红一扬手,让高婕说,徒弟只得转身回到了先前的位置。高婕用袖子擦了几把眼泪,还擤了两下鼻涕,开始诉说自己得的"怪病"。她说是一只厉鬼脱离了她的噩梦,来到人间,像一条蟒蛇一样缠住了她的身体。每一天的每一分钟,她都能感觉到鬼的存在。鬼会缠住她的脖子,让她无法呼吸。鬼会缠住她的腿,使她寸步难行。鬼会钻进她的身体,一口一口吃掉她的血肉。说着,高婕便攥住脖子,两眼一翻栽倒在地,把满地信徒砸出一个口子。

马象红终于朝自己走来了。高婕踢踏着双腿,心中暗喜。如果朝自己走来的这位大师是一个骗子,那他接下来肯定会编谎话骗取钱财。然而与此同时,她也觉察到了自己的疏漏。她的手腕上并没有戴在白云观门口贩卖的桃核手串。那是马象红"开了光"的辟邪神器，一块银圆一串，几乎人手一串。如果是真正的信徒，怎能不买？果然，已经来到近前的马象红盯着她的手腕，目光犹豫。更让高婕无法想到的是，信众中有一位女士是她的病人，而那位女士认出了她。

那位女士站起身，热心地跑过来，一声高医生，又一声高医生，紧张万分。马象红的眼睛里不再有普度众生的慈爱的光辉，他的腮也因愤怒而跳动起来。他一挥手，他的胖徒弟就冲了过来。高婕站起来，摘掉头上的毛巾，让长发在阳光里自由地垂散。

"马道长，请原谅我不妥的行为，但是我要声明，我对您没有任何的不敬。我学的是科学，您修的是道术。我对您的怀疑正如我对科学的怀疑。我只是想探究，为何我久治不愈的病人会在您这里得到了健康。"

听完，马象红以长者的姿态满意地点了点头。这让高婕放了心。果然，马象红说："施主，我能送你的只有一句话。科学再进步，也打破不了轮回报应。我所做的就是利用毕生所修，劝世人行善，帮他们扫除缠身报复的厉鬼。"说完，马象红一扬佛尘，进了厅后的居室。

马象红一走，厅堂里就乱了套。信徒们举着钱，纷纷向前推挤，要求拜见大师。徒弟还是把先前马象红选中的那位贵妇从人浪中领了出来。因为她手中举着的是一个檀木盒，而躺在木盒中的是一颗鸽子蛋大小的钻石。

高婕出了厅堂，来到院子，躲在几棵竹子后面四下观望。顺着面前这条卵石小路往前走，再拐一个弯，就可以到达后厅。但是前面有守卫把守，守卫虽然穿着道袍，但是全无道家之色，面相倒是更像一个屠夫。怎么办？除了偷袭守卫将其打晕以外，似乎别无他法。但是作为一个不速之客，马象红已经对她有所怀疑，偷袭守卫显然不是上策。就在高婕犹豫之时，从拐角处又闪出来一个穿道袍的人。

高婕暗自叹气，正欲离开，只见那个后来的人跟守卫说了几句，打发走了他。后来的人则继续朝高婕的方向走，一边走，一边将被风吹起的胡子重新用手压住粘好。他回过头看了一眼，朝高婕摆了摆手。"跟我来。"是华良。

华良和高婕来到后厅的窗前，向内窥探。透过飘荡的香雾，两人看到马象红的红色道袍在墙壁上飘动，宛如一朵红色的流云。但是此刻一丝风都没有。马象红并不在房间里，只有先前那个手捧钻石的贵妇躺在地上，对着墙上的道袍奋力挣扎。她的五官扭曲在一起，十分狰狞，喉咙里不时发出怪物一样的低吼，仿佛此刻控制她身体的实际上是一个恶鬼的灵魂。在道袍的法力之下，恶鬼痛苦不堪。所以她开始在地上翻滚、呻吟，间或四肢撑地，一边后退，一边朝道袍发出威胁意味的吼叫。退到墙根，贵妇便再无处可退，发出最后一声吼叫之后，她瘫软了下去。

贵妇平躺在地上，大喘粗气，虚脱的样子像终于降下婴儿的产妇。而墙上的道袍也不再飘动，贴着墙面垂顺下来。这件道袍当然让华良想到了昨晚遇见的妖红。尽管一件相似的衣服不能证明什么，但是如果说妖红和马象红之间毫无关联，又未免太过巧合。毕竟两者还都跟小鬼扯上了关联。

莫天被华良安排等在白云观门外，以防万一。向白云观门口走的途中，华良跟高婕简短讲述了他昨天的动向和困惑。关于死婴降生会不会有出生记录的问题，高婕给出了与市立医院院长截然不同的回答。

"婴儿只要降生，就自然会有出生记录。"

华良停了一步。"所以，那个院长果然在撒谎。"

"这其中肯定有蹊跷。"高婕继续说，"我了解医院的档案系统，我们现在就去市立医院的资料室查找线索。"

11

一个自称莫干山的男人把挎斗摩托车开进了市立医院的大厅。

莫干山戴着一顶美国飞行员的牛皮风帽和一副风镜，摩托车挎斗里盛着一大束玫瑰花和一大食盒点心。他跳下车，冲驱赶他的护士站的几名护士笑着张开双臂。"哈喽，艾瑞波帝！"接着，他就展开了浮夸的演说。

"在这个硝烟弥漫的城市，丑陋的人性宛如污浊的水流散发恶臭。但有这样一群圣洁的天使，以挽救众生的生命为使命。你们是蝇群中闪耀金光的蜜蜂,你们是阴沟里独自盛开的雪莲……"

"打住,这位先生,您是在夸我们吗?"护士长说,"请您出去。不要阻碍医院的正常工作。"

"不是夸,是最崇高的赞美!我是来慰问大家的!我亲爱的天使们,请收下一位上海市民对你们的滚烫的爱!"莫天从那一大束玫瑰花中抽出五枝,挨个儿分给面前的每一位护士,"我还要把这束花送给你们的院长!"

在五名护士把莫天围住,并把他和他的摩托车奋力推出大厅的时间里,华良已经趁机用铁丝撬开了资料室的锁,并和高婕一起查找资料。王小虎是五年前生的,但是在五年前的婴儿出生资料里确实没有他。高婕转而让华良查五年前所有医生的年度汇总资料,因为这项资料涉及人员众多,很大可能不会销毁。十五分钟以后,华良终于从一篇署名为红枫的产科医生的汇总报告中查到了一名与王小虎的情况匹配的死婴信息。

男婴　生下即无呼吸　全身苍白　验明死亡

"这个婴儿和我的生日相同。"高婕说着查找红枫的个人资料,但同样没有找到。为什么偏偏少了王小虎和为他接生的医生的资料呢?

两人走出资料室,将门重新关好。看到华良的半张脸终于出现在墙角时,莫天正手脚并用抓着门,像一只树懒。

他实在撑不住了，花和点心都送完了。他心爱的摩托车也已经被白衣天使们粗暴地推了出去，现在正在台阶下面翻着个儿。在又一次的推搡中，莫天卸掉身上的力，任由对方把自己推出门去。

华良将走未走，他看到院长从楼上沿阶而下。院长拿着一张单子朝护士长招了招手，护士长就拿着玫瑰小跑着过去了。一开始很正常，院长站在楼梯的转角低声跟护士长交流工作事项。最后十秒钟，变得不一样了。护士长表情扭捏地将手里的玫瑰花插进了院长的口袋，院长临走前则坏笑着捏了一把她的屁股。华良用下巴指指走廊，让高婕从走廊走，自己则晃到了大厅的护士站。

刚落座的护士长认出了昨夜来过的华良，还没开口，华良便笑着把嘴凑到了她耳边。

"护士长，刚才我无意看到了院长无名指上的戒指。那戒指真旧，看样子得戴了二十年了。可您这么年轻，我想，二十年前你应该还在念小学，想必那戒指不是你送的。五分钟后到门诊楼前面的小花园，我找您有事。"

山路颠簸，景物摇摇晃晃，华良开车经过昨夜遇见妖红的地点。积骨塔也逐渐从后视镜中甩了出去。莫天独坐后座，眼角耷拉着，一脸郁闷。他的摩托车从台阶上摔下来磕坏了，配件要从国外轮渡过来。又拐过了几条路后，华良停了车，看了眼车窗外王胜的破院门。

华良来告诉王胜事件的进展。在他的"要挟"之下，护士长不得已跟他说了那个名叫红枫的产科医生的情况。跟他和高婕的猜测完全一样，院长在撒谎。五年前，红枫并不是因为医闹事件被医院辞退的。红枫被辞退的真正原因是他一直在利用职务之便，靠偷运医院的死胎牟取暴利。死胎可做阴亲，可做标本，可做各种你意想不到的东西，用护士长的话说，什么不可以用来卖钱呢？还有医生从院里偷药呢，护士长以此作为上句话的论据。接着她就想起了那个叫李准的医生，想起了关于李准更多的事。

"那个叫李准的专门偷窃吗啡，去黑市上卖。后来，红枫偷运死胎的事被他发现了，李准便以此要挟红枫，让红枫也为他偷药。两人是同时被医院开除的。"说完这些，护士长脸上多了几分从容，"我是做了一些不对的事情，但那都是生活层面的事，与华探长您无关。我的职业道德完全没有问题。"

"放心，"华良说，"我只看到了你工作时的专注。"

然而王胜并不在家中。难道他又去了积骨塔？左右环顾中，华良看到了桌上用一只破碗压住边角的报纸。报纸上印着白梦与马象红会面的照片，正是昨日华良看过的那张。马象红的脸上打着一个大大的×，那是用桌上的筷子蘸着酱油画上去的。由于用力过大，报纸和桌面上都留下了明显的凹痕。而照片下面的文章里也有一行字被画了出来，内容正是马象红的下榻地点，上海国际酒店。

难道王胜去国际酒店找马象红了？看着马象红脸上的×，华良完全想得到王胜攥着筷子咬牙切齿的样子。难道他要杀马象红?

12

王胜目光决绝地来到了上海国际酒店门前。

他右手背在身后,后腰上别着一把斧头。每走一步,冰凉的斧头就硌他一下,他身子里的血就沸腾一分。妖红红色的袍子在他眼前掠过,小虎腾空踢踏的双腿搋击在他胸膛。他的眼红得像着了火。

刚进旋转门,他就被两个守卫一人架着一只胳膊扔了出来。没人觉得这个破墩布一样的乞丐会是个杀手,包括提着桶要进酒店的清洁工。

清洁工朝王胜比画,示意他去酒店后门等。每一天,酒店的剩菜都一桶一桶地装。相比喂猪,还是多少招呼下乞丐更人道。王胜站着不动,把手伸向背后,重新别了别斧头。有红烧肉哦,酱肘子。清洁工又朝他摆了摆手。王胜的杀气还在,但口水滴进胃里,像滴进空荡无边的池塘,不好受。可以先吃饱,再闯进去。他挪了步。

王胜蹲在后门前啃肘子,香,要是这会儿小虎也在就好了。他一边抹泪一边啃,影影绰绰看到了一个黑纱遮脸的女人。女人从一辆黑色轿车上下来,形色鬼祟,进巷子前还瞄了他一眼。女人不认得王胜,王胜却觉得女人面熟,好像报纸上跟马象红合影的那个。王胜扔掉肘子,假装路过,经过巷口时朝里面一瞥。巷子里不仅有那个女人,还有马象红的一个徒弟。

秋风穿过巷子,罩在马象红徒弟单薄身体外的那件猩红色袍子像流淌在风中的血,和那一晚一模一样。王胜还看到马象红徒弟把一个木牌交到了女人手中。那个斜楞歪角还有裂痕的木牌王胜也再熟悉不过,那就是他亲手做给小虎的护身符。他就是用后腰上那把斧头,去鬼山砍的桃木。

女人上了车,刚走了几米又停下来。然后马象红徒弟就从巷子跑到车边,接了女人从车里递出来的东西。这时,王胜已经攥着斧子躲到了树后面。汽车开走后,马象红徒弟解着腰带朝树走来。

华良三人走进上海国际酒店的时候,马象红正坐在酒店一楼窗边的卡座上喝茶。金色的夕阳照耀着他的道袍和脸庞,一切静好。华良朝高婕使了个眼色,高婕便过去和马象红打招呼了。和马象红待在一起,是保护马象红的最好方式。华良和莫天离开饭店,在四周搜寻王胜的踪迹。两人将在六点钟之前接替高婕。

"这位施主,挺面熟啊。"马象红放下茶杯,看着站在自己面前的高婕。

"上午刚在白云观听过大师的教诲。"高婕微笑着说。

"哦,我想起来了。"马象红眼睛转了几下,"你是那名医生。你从白云观追到这里,我想应该不是为了诊所的生意吧。"

"可否到您房间一叙?"

马象红的房间里有个四十岁左右的男子在看书,马象红简单介绍了一下,是个来看他的老友。男子礼貌地给高婕递了一张名片,寒暄几句,就携书离开了。

"高小姐,你没有撒谎,你确实是一名医生。但是你并没有告诉我,你还是一名法医,跟巡捕房走得很近。"马象红不动声色地看着高婕。

高婕淡淡一笑。"我不说,大师不是也知道了吗?"

马象红没有答话,起身去沏茶。马象红背对着高婕,往茶壶中添茶倒水,比以往添茶倒水的时间多了不易被觉察的两秒钟。他微微摇着茶壶回来,把茶倒进高婕面前的空杯。

"红茶一泡即喝,时间稍长,就老了。"马象红微笑着,"就跟生命一样,稍纵即逝。"

"谢谢。"高婕看了一眼杯中深红色的茶水,端起来嗅了一下。她隔着热气看着马象红的眼睛,说:"时间恰到好处。"然后将茶喝了下去。

看着高婕放回桌上的空杯子,马象红满意地笑了。

五点半,华良和莫天发现了酒店后门附近的那具尸体。尸体倚在一棵树后,穿着红色的道袍,应该是马象红的徒弟。他的整张脸和肩膀上都上沾满了血,头顶斜斜缺掉的那块在地上。从死者瞳孔和血迹凝固程度来看，应该死了不过一个钟头。那人的手里捏着半张卡片，卡片上印着一身白裙的白梦的照片，那是白梦生日会的入场券。而入场券上也同样画着一个大大的×，是用手指蘸着血画的。在照片的下边，有一行小字："白梦小姐生日会　金门大酒店。"这时，一个清洁工推着泔水桶走了过来。

华良描述着王胜的样子，问了清洁工几句。没错，大概一个钟头前，清洁工见过王胜。清洁工还在这里给了他些剩菜。

"后门前的碎骨头就是那人留下的？"华良继续问。

"是。那乞丐就坐那儿吃。"清洁工拍了拍泔水桶，"那个鬼样子，也不知道珍惜粮食。这桶里还有他扔在门口的半个肘子呢。"

清洁工推着泔水桶走了。华良点根烟，捋着命案发生的过程。他否定了自己先前的判断，王胜来国际酒店应该并不是他想杀马象红，在报纸上画下的那个×可能仅仅是王胜要去某个地方的习惯记号。因为马象红现在还好好的，王胜也没有在酒店闹出任何动静。王胜大概是知道了些什么，所以想见马象红。一个钟头前，王胜坐在后门吃肘子，然后他看到了马象红的徒弟。通过马象红徒弟手中的生日会入场券，王胜明白了马象红住进国际酒店的原因就是要参加白梦的生日会，所以他又决定去白梦的生日会。在抢夺入场券的过程中，王胜杀死了马象红的徒弟。尽管生日会入场券被撕烂了，可王胜肯定会去，他已经在那张作废的入场券上蘸着血画下了那个×。

五点五十五分,华良敲开了马象红的房间门。马象红还算客气,请他进屋,端茶递水。

"听高婕小姐说她要去参加白梦小姐的生日会。"马象红对华良说,"我也受到了邀请,正准备去。"

"您去不了了。"华良说,"我们在饭店后门发现了一具身着红色道袍的尸体。应该是您的徒弟。"

马象红脸上的意外只持续了两秒钟,接着便恢复了平静。"无量天尊。"他对着空气施了个礼。

"失陪一分钟。"

华良把高婕叫出门外,看了眼表。"时间到了,你去白梦的生日会吧。王胜也会去。"

"他要在那儿杀马象红?"

"应该不会。不过王胜那个样子容易吓着别人,也容易被现场的安保人员驱逐。你保护好他。"

高婕下了一级台阶,忽然想起了什么,转身低声说:"你说你昨晚击中了妖红的左臂。我在马象红房间这段时间,他的左臂好像不太方便。"

"知道了。"华良看了眼在屋里喝起茶来的马象红,"马道长,有劳您下去一趟。"

13

来到徒弟尸体前的时候,马象红的神情也是平静的。"无量天尊。"他朝徒弟的尸体郑重地施了个礼。

"马道长,我发自内心地羡慕您。"华良说,"看透了生死,就少了诸多羁绊。"

"去也,归也。"马象红平缓地说。

"您是看得开还是冷血啊?"守在尸体旁的莫天讥笑了下,"天灵盖都没了。"

"我会为他作法超度的。"

华良远远看到一辆吉普车转过街角,开了过来。那是他的手下,在饭店前台询问马象红的房间前,华良打电话叫他们把尸体运走。华良转向马象红。"走吧,回你房间聊聊。"

在之后的询问中,马象红依然四平八稳地像一只青铜香炉。面对生死,他尚能如此坦然面对,对于徒弟们在非开坛时间的动向,他自然更是无心过问。万事万物都有其既定的形状和历程,过多的干涉和控制都毫无意义。这就是马象红的说辞。

如高婕所说,马象红的左臂确实不灵便。他大部分时间都在使用右手,偶尔左手挪杯,动作也明显缓慢,仿佛不敢使劲。所以，马象红的左臂很可能有伤。华良朝莫天使了个眼色，莫天便热情地为马象红添茶。手一抖，茶倒在了马象红的左臂上。这时，华良终于看到马象红的脸上有了些表情。马象红的嘴角抽动了一下，发出一缕咝咝的声音。莫天连声道歉，同时掀开了马象红宽大的袍袖。马象红立马不满地把手臂抽了回去，自己转过身去整理。莫天向华良迅速瞟去，挤了下眼睛。两人都看到了，马象红的左手臂上，有两道流下来的已经干涸的血迹。

　　马象红和妖红，同样的红色道袍，同样的左臂受伤，又同样的在制作小鬼。三点重叠，不会有差池了。鬼山附近的住民们，那些整天说着妖红传闻的百姓，没有人知道妖红其实是个男人。或许，妖红的传说最早就是从马象红嘴里说出来的，为了掩盖他从鬼山盗取幼儿尸体制作小鬼的行径。但华良同时也明白，如果现在揭穿，马象红一定不会承认。一个伤口而已，他可以轻易地编出任何理由来搪塞。看着马象红清瘦的背影，华良忽然意识到，他的身形与他被王胜砍死的徒弟是那么相似。仔细想来，两人的脸形和眼睛也是像的。

　　华良跟马象红这么说了，马象红则又恢复了先前不包含任何意味的表情。这个很正常，马象红解释，因为他的徒弟里有相当一部分，都是他按照自己的样子来挑选的。

　　"有时候作法，我需要一个替身，一个影子和我共同完成。"

　　"那您这不是行骗吗？"莫天晃着腿问。

"不。"马象红说,"我不这样认为。为了自己利益的作假才叫行骗。我的行为却是为了我的信徒们考虑。其实和我共同完成法事的徒弟,他的道行之于那场法事一定是相匹配的。他和我共同完成,能让信徒们对于自己追求的结果更加相信,更有活下去的勇气。"

华良没有心思听马象红的辩驳。他在考虑,自己之前的判断是否出了错。王胜之所以把马象红的徒弟砍死,会不会是因为王胜认错了人?王胜以为自己杀的是马象红,但实际上杀的只是马象红的徒弟。想到这里,白梦生日会入场券上那个蘸着血写的×开始在华良眼前晃,它十分准确地打在白梦的脸上。想到这里,华良攥着拳头站起了身。

14

华良和莫天火速赶到白梦生日会的时候,生日会已经结束了。大厅空旷,两人踩着遍地的彩纸和拉花在大厅搜寻,都没有看见白梦、王胜和高婕的身影。

倒是赵熙走了过来,跟两人打招呼。华良问白梦和高婕在哪里,赵熙指了指楼上。白梦正在化妆间卸妆,高婕刚走。生日会进行得很顺利,尤其是拍卖筹款资助孤儿院的环节。这下白梦的形象和人气都会飙升,赵熙仿佛自言自语极其满意地说。就在这时,白梦的尖叫声从化妆间传了出来。

三人冲上二楼,只见暗红色的血正一股股地从化妆间的门缝里流出来,在白色的大理石地板上,分外妖艳。踢门而进,白梦已经昏迷在地,脸和身上布满了血口子。

赵熙方寸大乱,掏出他的手帕,却不知道该摁在白梦哪一个伤口上。华良从桌上抽过白梦换下来的白纱裙,撕成数条,分别缠在白梦的额头、锁骨和腹部,然后由赵熙将其背下楼,送去医院。

化妆间的窗户开着,窗台上有脚印,很明显王胜是从窗户进来的。地上布满了沾血的脚印,那也是王胜留下的。此外,华良还发现了蹊跷。从白梦面部流出来的那摊血里,夹杂着一些透明的油状液体。华良从桌上拿起一个空玻璃瓶交给莫天,让莫天把那摊血收集起来。他则顺着血脚印一步步走向衣柜。

尚未走到衣柜跟前,王胜就从里面跳了出来。他握着滴血的斧头,佯装要劈,夺路而逃。华良一伸腿,勾住了王胜的脚。在王胜摔倒的同时,华良的膝盖压住了他的腰。

"我告诉过你,孩子我会帮你找。你现在的下场只有坐牢!"

"就是他们掳走了我的孩子,我杀他们有什么错?我的孩子命苦,刚生下来连气都不喘,我是哭着往家推他娘儿俩的!半路上小虎才活过来,好不容易养了五年,马象红却把小虎抢走了!马象红就是妖红,我认得他!"

"但这和白梦有什么关系?"

王胜却说不出话来，只是大口喘粗气。莫天押着他即将走到门口时，马象红从旋转门后闪出身来。

王胜愣住了。王胜在迅速扫描马象红的五官。相比先前杀掉的那个，现在这个显然更像妖红。砍死之前那个后，王胜没找到他右眉里那颗痣，还纳闷儿了一会儿。而面前这个，他右眉里那颗痣非常清楚。原来先前那个是个冒牌货！王胜挣脱莫天，将马象红扑倒在地。他像一匹狼一样将马象红摁在地上，颤抖着号叫。

"就是你带走了我的儿子！"

"你在说什么，华探长救我！"马象红大喊。

王胜举起了拳头，但是拳头迟迟没有落下来。这是华良所希望的，他并不愿意将子弹打进一个失去儿子的父亲的身体里。可华良忽然又觉得不对劲，王胜之所以没有落下拳头，仿佛是因为他发现了什么。此刻的王胜正努力抽动鼻子，嗅着被他摁在地上的马象红的双手。直到被莫天拉开，王胜的鼻子还在向前努力伸着。

"你发现了什么？"华良低声问王胜。

"他的手上有一股特殊的味道。这味道很熟悉很特别，很久以前，我好像在哪里见过他！"王胜咬着牙跟华良耳语，唾沫星子喷了华良一耳朵。

莫天把王胜押走后，华良来到了马象红身边。马象红用右手整理着被撕烂的道袍，神情中有些狰狞，有些暗藏汹涌的意味。他再也不能维持先前的平静了。

"华探长，没什么事，我就告辞了。"马象红脸色难看地说。

"马道长请便。"华良微笑着侧开身。

马象红一出旋转门,华良脸上的笑容就消失了。透过旋转的玻璃门,华良盯着马象红沾满尘土的后背消失在灯光的尽头,感觉自己盯着的,是一口逐渐挖深的井。

王胜说的那股味道,华良自然也闻到了。幸运的是,那股桂花味儿他昨天夜里才闻到过,而且直到今天吃早饭以前,那股味道还停留在他手上。那是市立医院消毒液的味道,是院长说过的全上海独一无二的消毒液的味道。

难道昨夜马象红被自己用雕刻刀击伤以后,曾去过市立医院包扎伤口?不对,市立医院离鬼山太过遥远,他绝不会捂着伤口去那里处理。马象红最有可能是在白云观处理,如果是去医院,也是离白云观更近的玛丽医院。所以,最为可能的情形是,马象红使用的带桂花味儿的消毒液是他自己的。

那马象红会不会曾经是市立医院的工作人员?想到这里,华良自然又想到了红枫。他奔到前台,要来登记名册,找到马象红的签名,跟他从市立医院资料室盗取出来的红枫上交的汇总资料上的签名进行比对。没错,两个"红"字字体一模一样。

马象红很可能就是五年前被市立医院开除的红枫。不过现在,还暂时不能惊动马象红。对付这种狡猾的人,最佳方式就是人赃俱获。华良长舒了口气,给巡捕房打了个电话。他问莫天带人回去了没有,那边说还没有。

华良准备搭黄包车去高婕的诊所,将在白梦被袭现场收集到的奇怪血样交给她化验。走出饭店时,他却看到自己的吉普车莫天并没有开走。十分钟以后,华良驾车到达了距离霞飞路只有五公里的位置。他看到一辆黑色的凯迪拉克轿车翻在路边,车头深深地凹进去,玻璃碎了一地。穿黑西装的美国司机和莫天正在奋力地拉着拖绳,俩人都是一脸血。王胜则不见踪影。

二十分钟以前,莫天押着王胜来到路边,叫停了那辆凯迪拉克出租车。当车开到这里时,对面的黑暗中忽然出现了一辆汽车。车灯骤然亮起,什么都看不清的司机慌乱中紧打方向盘。汽车撞上了路边的路灯,翻在地上。

"王胜呢?"

"跑了。"莫天泄气地说,伸手一指,"跑进了那条巷子。我沿着脚印追,不久足迹就断了。"

"那辆车呢?"华良又问。

"也跑了。自始至终都没看清是什么车。所以我觉得……"

"这不是一起意外,而是有预谋的。"

"对。"莫天握着双拳说,"要让老子知道是谁干的,非扒了他皮不可!"

行驶在夜色中,华良忽然感到了一阵挫败感。王小虎下落不明,白梦受伤,现在王胜又不见踪影。被劈掉一半脑袋的尸体,躺在血泊中的白梦,一直在他眼前晃。

进门的时候，高婕正在做化验，手里摇动着试管。她把一滴透明的试剂滴进试管中后，试管中原本深红色的液体就被染成了黑色。听到急促的脚步声，她拉下口罩回过头。

"你跑什么？有鬼跟着你？"

华良站在门口，笑笑。"我怕你被鬼带走了。"

"你猜马象红给我倒的茶里放了什么？"高婕摇了摇手中像夜一样黑的液体。

"什么？"

"乌羽玉。一种从仙人掌科肉质植物中提取到的药物，少量能镇痛，多则能致幻，国外的原始部落会把它用在宗教仪式上。这也应该是马象红一直用来麻痹信徒的法宝。"

当马象红特意走开并背对着她泡茶时，高婕就已经猜到他在下毒。那杯茶她当然没有喝，而是全部倒进了藏在袖口的试管中。那时，高婕已经猜到，马象红放的多半是致幻剂，而不是直接夺人性命的剧毒。在酒店包房直接把人毒死，后续太难处理，通过药物控制人的心性显然更为简单，也更符合马象红一贯的行事方式——通过引导，让人陷入幻觉之中，从而让对方完全臣服于他。

"喝茶"后十分钟，高婕明显感到马象红开始观察她的眼睛，还试探过她。"高小姐，你是不是累了？""高小姐，这茶有没有让你觉得更加神清气爽？"为了避免露出马脚，她提前一刻钟离开马象红的房间，赶往白梦的生日会。

和华良说的不一样，王胜并没出现在白梦的生日会上。

台上的白梦光彩照人，比任何一部电影中的她都漂亮。仿佛昨日那个抑郁、痛苦、绝望、咆哮的白梦只是从她身上蜕下来的壳，已经与她毫不相干。甚至可以说，她漂亮得有些不对劲了，就像假的一样。在数台相机镁光灯的同时闪耀下，高婕眼中白梦的脸忽然变成了透明的。在那一瞬间，高婕感觉在看 X 光片，恍惚中她好像看到了白梦的头骨。一具骷髅。之后，高婕闭了几下眼睛，重新朝白梦望去。骷髅不见了，白梦还是白梦，依然美得毫无瑕疵。

生日会进行得很顺利，整个过程中白梦与观众的互动也充满欢声笑语。为了营造爱心形象，赵熙特意在生日会中安排了一场募捐活动，用于资助孤儿院。善款筹集的金额自然也不少。影迷退场以后，高婕陪白梦进了化妆间。之后，她又检查了一遍大厅角落，确保王胜确实不在。高婕抬头望了望，赵熙正站在二楼化妆间门外朝她招手。她也挥挥手，终于呼出一口气。

"我觉得，马象红特别想通过乌羽玉来给我洗脑，从精神上控制我。其间他还问过我和你，以及整个中央巡捕房的关系。如果真把我拿下了，我自然就会成为他安插在你身边的耳目。"

"他？我都拿不下你。"华良淡淡一笑。

"你说什么？"高婕翻了个白眼儿。

"我说，那个马道长太高估自己了。"

华良走到窗边，点了一支烟。没抽几口，就又弹出了窗外。

"白梦出事了。你走后不久，王胜就从窗户爬进了白梦的化妆间。"华良抿了下嘴唇，从口袋里掏出装着白梦血液的玻璃瓶。

15

华良陪高婕去白梦的住所看望她的时候，白梦穿着一套镶满珍珠和金丝的旗袍，眼神空洞地蹲在门口的邮筒旁。赵熙站在她身后，无言守护，望向高婕的目光里充满了痛苦。

看到高婕手中那束向日葵，白梦很开心地起身接了过去。

"高婕，你来看我，是因为你是我的影迷，而不是因为你是我的同学，更不是我的朋友，对不对？对不对？你记不记得，我们俩能重逢就是因为你去电影院看我的电影，对不对？对不对？"

"对。我们来看你，是因为我们喜欢你的电影，希望你能早日康复，因为我们想看你更多的作品。"高婕挤出笑容说。

"一定会的。"白梦满意地笑了。

这是白梦出院后的第五天。在此之前，她在医院住了整整一个月。但是这长达一个月的治疗并没有让她恢复美丽。此刻的她,发亮的只有身上那件旗袍。从额头到脸颊,那一道长疤特别醒目,就像一条蛰伏在那里的蜈蚣。此外,她的整张脸高高地肿着,并且显现着尸体般的紫青色。不过,她对此好像并不知晓。她轻轻拥抱了一下高婕,动作点到即止,微笑亲切而高傲,那是拥抱影迷的标准姿势。接着,她又用同样的姿态拥抱了华良。

赵熙轻声让白梦进去。外边冷,不利于伤口愈合。但是白梦非常气愤,因为她还要等其他影迷送来的信件、鲜花和慰问。明星也要讲职业道德,既然他们关心她,想看见她,她就要接待,给他们签名。华良瞅了一眼邮筒,里面只塞着一份今天的《申报》。

只有赵熙最清楚这一个多月白梦的内心经受了什么。一次次的崩溃就像跳崖,在下坠的过程中,本能的恐惧让白梦痛哭,呼喊,内心撕成碎片,以为其实可以重来。于是她又返回平地,平地上的绝望仍在镜子里等着她。即使把镜子全部打碎,也无济于事。那些疤痕,她如今的样子,早就烙进了她的心里。有谁会喜欢一个破布娃娃一样的女主角,有谁会找一个这样的人去拍电影?白梦让自己平静,但是她完全不能平静。就按照医生和赵熙说的,别去想。可是别去想就行了吗?她能闻到自己的身体正在腐烂的味道。所以她再一次痛哭,呼喊,爬上悬崖跳下去。

不过回家这几天,她的情绪倒是一下子好了不少。不是因为回家,而是因为在这里她又听到了小鬼的声音。它俯在她耳边,说你会好的,一切都会恢复如前。只要你还爱我,那你就只是做了一个梦。绝对不是幻觉,因为她为它准备的牛奶重新开始变少,二楼的玩具房也传出了响动。它已经不生气了,也已经从她的肚子里出来了。跟高婕说这个的时候,白梦很是兴奋。高婕笑笑,望向窗台上的那盆花。在阳光下,花红得发黑,散发出的不是香气,而是浓烈的血腥味儿。高婕又去为白梦把脉,果然,表示怀孕的律动特征已经从白梦的脉搏中完完全全地消失了。

走出卧室后,关于白梦前阵子的二次怀孕,高婕低声问了赵熙。"她跟我说过,是小鬼钻进了她的子宫里。"赵熙轻声说,"但是她又很抵触去医院查验。前阵子趁她在病床昏睡,我让妇科医生为她做了检查。她只是因为体内激素失衡导致的假性怀孕。另外,医生从她的体内化验出了一种致幻药成分,"赵熙眼睛眯起来,顿了一会儿,想起了致幻药的名字,"叫,乌羽玉。但是白梦根本不知道这是什么东西。"

华良和高婕对视一眼。马象红。

"玩具房的响动你也听见了?"华良低声问赵熙。

赵熙点了点头。"尽管我不相信什么小鬼,也无法解释那些动静,但是我觉得这不重要。她好起来才最重要。"顿了一下,赵熙看着白梦的背影继续说,"我害怕的是,她依靠这个假想活着,希望被这个假想不断拉高,然后在某一天彻底绝望。"

赵熙走向厨房,取来温水和药,笑着走进了白梦的卧室。"大明星,吃药啦!"

"我不吃。"白梦嘟起嘴,像个小孩子,"吃了药老犯困。这样会错过来问候我的影迷。"

"药一定要吃,吃完就睡一觉。"高婕从赵熙手里接过水和药,"我是医生,你要听话。如果有人来,我会叫醒你。"

白梦在一片阳光中睡了过去。赵熙坐在床边的板凳上,一动不动地守着。两行眼泪像蚯蚓,从他的眼眶爬了下来。他轻轻握住了白梦伸到被子外的手。

高婕带华良上楼,来到了玩具房。一分钟之前,皮球滚过地板的声音再次透过天花板传了下来。高婕打开门时,皮球正滚向墙边,然后反弹了出去。尽管窗户开着,也有微风吹拂,但是刚才皮球的力度显然不是风能给予的。

华良捡起皮球端详。一只普普通通的皮球,百货商场随处可见。他将球放回地面,在风力的推动下,球轻轻滚向了一面墙壁,靠住了。然后华良伸出脚,在那面墙的墙根处一点一点地触碰。在他触到某个点时,那里一块拳头大小的墙面忽然击出,又迅速收了回去。华良淡淡地笑了,又拿脚试了一下,同样如此。"劲儿不小,就像一只脚在踢。"

机关的表面与墙皮没有任何不同,接合部位严丝合缝,不仔细看,根本无法发现。华良俯下身,掏出雕刻刀,左手握刀,右手再次触碰机关。在机关弹出来的同时,他手里的雕刻刀也卡进那块圆柱形墙面后面连接着的弹簧之中。

接着，他攥住弹簧，用力往外一拽，弹簧、铁丝、滑轮、拉带，崩了一地。

"还挺精巧。"说着，高婕从门边小餐桌上拿起了那杯牛奶，"你再瞧瞧这个。"

华良接过那个黑色的瓷杯，端详了几秒钟，忽然仰起头，把杯中的牛奶一饮而尽。

"喂，干净吗，你就喝？"

"我敢保证这杯牛奶是这栋别墅里最新鲜的一杯。"华良用手帕擦着杯壁来到窗前，让阳光照进杯子。如他所料，在杯子的内底有一个针眼大的洞。

"高婕，让我给你变个魔术。"华良晃了晃手里的杯子，然后倒转杯口，一缕牛奶就倒在了地板上。

"我明白了，杯子底部有一定的厚度，而且是中空的。因为有孔，倒入牛奶以后，一部分牛奶会通过内壁的孔洞慢慢渗入底部这个夹层，所以就造成了牛奶变少的假象。"

高婕话音刚落，楼下就传来了白梦的尖叫。尖叫过后，是她的怒骂，以及玻璃摔得粉碎的声音。

赵熙站在床边，一脸平静，一声不吭。白梦对他发那么大火只是因为她做了一个不开心的梦。她梦到自己的新电影上映，然而刚开演五分钟，幕布就开始燃烧。从不断跌落的火花后面走出来的，是拿着打火机狞笑着的刘天民。因为一个梦就把赵熙大骂一顿，类似的事情已经发生了很多回。

高婕拿来笤帚和簸箕，清理着地上已经变成玻璃粉末的水杯。赵熙要扫,被她拒绝。白梦指着赵熙让他滚,赵熙便垂着头去了客厅。高婕俯下身子,掀开耷拉在床边的床单。清扫床底的原因只有一个,白梦告诉过她,她常能听到小鬼在床底滚来滚去的声音。然而床底空空的,只有几小片碎玻璃碴儿。

"我来吧。"华良接过笤帚,也俯下身去。床底一定有人待过,而且不是五分钟或是一小时,而是相当长一段时间,因为床底一点灰尘都没有。在其中一根床腿的内侧,华良还发现了单一反复的重叠刮痕,那显然是指尖划出来的。随着笤帚的指引,高婕也看见了那些划痕。作为医生,她很清楚那些划痕是怎么来的。人在长期焦虑、幽闭的情形下,会下意识地重复某种无意义的动作。高婕感到一股凉意涌上心头,一个身份不明的人曾经整日整夜地潜伏在白梦的床底下。她想起白梦说过的话,夜里我时常听到它在我床底爬行。华良抬起头,看了一眼白梦。毫不知情的白梦仍旧倚着床背,气呼呼地望向客厅里的赵熙。

白梦家中那些机关和异响,应该就是那个藏在白梦床下的人制作出来的。趁白梦在睡梦中偷偷给她注射乌羽玉的人应该也是他。那个人究竟是谁?这是华良一路开回高婕诊所时心中的问题。从可行性上讲,嫌疑最大的人是刘天民。当然,刘天民不用亲自这样做,只要派个信得过的手下就可以。按照高婕从白梦那里听到的说法,刘天民对白梦一点感情也没有,一心想着离婚。那么在白梦不同意离婚的情况下,刘天民完全有理由这么做。作为白梦最亲近的人,他肯定知道白梦养小鬼的事情。借助这件事,在家里搞一些小动作,把白梦往更加不可救药的程度去指引,刘天民就有了离婚的理由。而对于乌羽玉这种稀有却有售的精神药品,刘天民要靠他的人脉搞到也并非不可能。

但是从动机上看,最大的嫌疑人却是马象红。在卖给白梦小鬼之后,马象红再通过不断在别墅制造灵异现象,让白梦越陷越深,从而达到不断收敛钱财的目的。

在诊所门口,华良把高婕放下车。看华良一路上眉头紧锁,一声不吭,高婕猜得到他在想什么。

"你接下来,是不是要去找刘天民?"

华良点了点头。

"白梦告诉我,刘天民每天待的时间最多的地方不是他的电影公司,而是四马路的妓院。作为丈夫,他连白梦的生日会都没有参加。"

两个钟头后,华良找到了刘天民。刘天民躺在一个妓女的大腿上,张着口,接另一个妓女从酒壶里倒出来的酒。

16

把妓女轰走后,刘天民关上了门。回过头时,他的神色已经变得极为滞重。拉把椅子在华良对面坐下来时,他的身体也显得格外沉重。一时,刘天民被妓女摸乱的头发和解到胸口的衬衣扣,以及滴到西装上的酒渍反倒脱离情欲的意味,具有了几分落魄的感觉。

刘天民点了支烟,抽了几口,才开始说话。他的语气也是疲惫的。他说他结婚的时候是想和白梦一起过下去的,尽管他曾经花心风流,但种马也会在疲倦的时候回棚。但是婚后,一切都和他预想的不一样。他以为结了婚,再让她随便演俩电影女主角,过过瘾,白梦也就厌倦了演戏,从此做个安稳的太太,给他打理出一个安稳的家。但是白梦成名的欲望越烧越烈。当意识到白梦和自己结婚只是她欲望达成的一个方式时,他感到了从未有过的挫败。他竟然被个女人玩儿了,以前可从不这样。白梦不光整天拍戏,在家还信邪信道,养什么小鬼。家里果然就被她招进了不干净的东西,常有莫名其妙的声音。她每天都神神叨叨的,简直让人心惊肉跳。白梦的怀孕曾让他们找回了婚前的短暂温暖,那时他想,生完孩子以后,说不定白梦就会安心在家,从此变成他期待中相夫教子的太太。但没几天,她就流了产。

"为了能有一个温馨的家,我什么都遂她的意。住进她的家,并且不请保姆。年纪大了,我也会向往这种一男一女的平淡生活。她可倒好,给我准备的是个鬼屋。怀着孩子,还放不下她的破戏,我这几天越想越觉得,她是故意把孩子弄丢的。神经病!"刘天民的眼珠通红,一副快要哭了的样子,"华探长,你说,这家我还回去干吗?"

华良起身,走出了屋子,留刘天民独自撑着额头喝酒。

华良在街上漫无目的地行驶,路过一条弄堂的时候,从弄堂里传来的声嘶力竭的哭声打断了他的思路。华良望过去,看见一个年轻的母亲正奋力拖着一个五六岁的男童。男童头上包着块毛巾,像漫画里孵蛋的母鸡,他双手抓着门,大声哭泣,无论如何不出门。

华良下车询问。搞明白状况后,他恍然大悟般迅速把车开进了弄堂。他脱下制服,将孩子从头到脚包住,抱进车里,然后载着孩子母亲一起,去了高婕的诊所。

那个孩子有病,一见太阳就会全身瘙痒,肿起一块块铜钱大小的疹子。所以孩子已经两年没出过门了,大夫也请来不少,汤药也喝了不少,就是没什么效果。母亲只能狠下心让他适应,说不定过一阵子就好了。不过这可不是适应的问题,得对症下药。当然也不是大问题,只是免疫力低,对汗水过敏。在太阳底下容易出汗,一出汗,就会生起荨麻疹。高婕开好药,华良就把母子送了回去。一送回他们,华良就又回来了。

"还有没有一种病,同样也是不能见太阳。"华良站在高婕的办公室门口问,"一见太阳就会死的病。"

两天以后,高婕把一摞从在医学院任教的朋友张鑫那里拿到的资料放到了华良的办公桌上。那一摞英文资料全是关于一种叫色素性干皮症的,内容部分高婕全部用钢笔在上面做了翻译。那是一种极其罕见而且无法痊愈的隐性遗传病。得了此病的患者皮肤缺乏自我修复能力，只要被紫外线照射，就会被晒伤，出现色斑、皱纹，甚至是水泡。患者被重度晒伤而导致的死亡情形也并不罕见。

华良一页页翻着后面的症状面部照片，照片里大多是几岁的孩子。开始那几张还算正常，相比正常人，脸上只不过多了一些色斑。但越往后翻，华良越感到后背发凉。有的满脸都是脓疮，鼻子整个烂掉。有的则五官塌陷，遍布坑洞，宛如一具干尸。看着这些照片，华良逐渐感觉自己置身在一个手术室中。头顶的无影灯光线强烈，床上的女人头发湿透，面色苍白，渐渐不再呼吸。一名戴着口罩只能看见眼睛的叫红枫的医生抱着怀里湿漉漉的婴儿。胎位不正，营养不良，或许还要加上头顶强烈光线的缘故，那个婴儿一直没有呼吸。这是红枫愿意看到的，因为几乎很少有家属会愿意把死婴带回去，何况守在手术室外的还是一个傻子，而这样一来他又有了一笔生意。然而红枫没想到，那个傻子用平板车推走了女人的尸体，还推走了他的生意。山路颠簸，和母亲一起裹在草席中的婴儿的腹部渐渐有了起伏。接着，婴儿就张开嘴，发出了来到这个世界上的第一个声音。

合上资料后，王胜推车前行的背影还在华良面前晃来晃去。一直等他看完的高婕过来拍了拍桌子，他才回过神来。

"下班了。"高婕说，"如果你想对色素性干皮症有更多的了解，就跟我走。"

接下来，华良跟高婕去了张鑫在医学院的办公室。关于色素性干皮症,从病因到病征,张鑫为华良进行了详细的讲述。当华良问到治疗方式时,张鑫眼睛一暗,摇了摇头。空气的重量不断累积,三人思索起命运的含义。

仿佛为了打破沉默,张鑫像笑一样张开嘴,吸了口空气。"对了,华探长,我这边新来了一批整容资料。最近有人向贝当巡捕房报案,控诉一家叫美好医院的整容医院存在违规操作的情况。所以贝当巡捕房拜托我们对这些资料进行鉴定。因为战争的原因,整形手术是最近几年国际医学界讨论非常火热的一个议题。不少专家学者都相信,在接下来的几十年里,这门学科都会有很大的发展。因为它在修缮人外观的同时,还在修缮着同样受伤的灵魂。如果华探长感兴趣,可以随我来看看。"

资料就放在张鑫办公室旁边的资料室。张鑫领两人来到资料室门口,手还未搭上门把手,就被华良摁住了。一秒钟以前,一个黑影迅速从窗后一闪而过。华良示意她闪开,一脚把门踹开。

果然有人。一个身穿夜行衣的蒙面人正把一沓资料往胸袋里塞。门踹开以后,他试图跳窗而逃,刚跃上窗台,就被华良拖倒在地。一些瓶瓶罐罐从蒙面人的衣服里跌落出来,四处滚动。蒙面人单腿跪地,从口袋中掏出一小瓶液体,向华良泼了过来。若不是高婕及时将椅子踢过去,华良的脸将被烧得比他看过的照片上那些色素性干皮症患者更加严重。

那些液体碰上椅子,椅子表面立刻腾起一阵白烟。是硫酸，华良后撤了两步。与此同时，受到阻挡的硫酸反向冲向蒙面人的脸。一声尖叫，他的蒙面巾烟雾蒸腾。高婕看着他的身形，愣了下，她觉得此人有些熟悉。然而蒙面巾被腐蚀出的洞只露出腐烂的血肉，根本无从看出长相。华良掏出雕刻刀，射中了他的肩膀。但这也没能阻碍蒙面人的继续逃脱，他像一匹被马蹄踢掉鼻子的土狼，带着满脸血，插着一把刀，哀号着跳下了三楼的窗户。落地后，他连滚带爬地跑出了医学院。华良和高婕站在窗前，眼看着他上了一辆停在路边的黑色轿车，歪歪扭扭消失在街头。

"那人是谁？"张鑫站在资料架前。因为惊吓，她的脸色紧绷蜡黄。"他想偷的就是整形手术的资料。"

"刚才把他拖下窗台的时候，我看到了他的指甲。"华良对高婕说，"磨损得很严重，让我想起了那个藏在白梦床底下的人。"

高婕闭起眼睛，头微低着，右手手指轻轻敲打额头。她深入自己的记忆，打捞那个熟悉的身影。

"好像是他。"高婕恍然大悟般睁开眼睛，从大衣内袋掏出一张名片，"那天在国际酒店，他就在马象红的房间里。"

美好医院。李察德。主刀医生。

半个钟头之后，华良和高婕按照名片上的地址来到了一幢烂尾楼前。整幢楼空无一人，已经被野猫、老鼠和壁虎占领。挂着"美好医院"木牌的那扇铁门上，一只孤独的蜘蛛正在织网。

17

去高婕诊所之前,华良先去医院询问了向警方报案的李嘉然。

李嘉然患过轻微的小儿麻痹症,康复得挺好。只要不做剧烈运动,不仔细观察她的走路姿势,不认真比对她的两条腿,就没有人知道她有过此疾。但是她自己知道,并且无法忘怀,每当在镜子里看着自己美丽的脸庞陶醉时,腿上的缺陷就会让她崩溃。所以两个月前,她在美好医院进行了腿部的填充手术,把原本比左腿细的右腿加粗。上个月,她的手术部位出现了大面积伤口感染。华良去医院的时候,李嘉然的右腿已经被截掉了。

李嘉然是从朋友那里得到李察德的名片的,而她朋友之所以有那张名片只是因为搭黄包车的时候看了一眼座椅,所以李嘉然并不知道是否还有其他人接受了整形手术。

华良走进高婕办公室时,高婕已经面对着一具石膏骷髅头坐了两个钟头。她终于知道那天在白梦的生日会上,在强光的照射之下,白梦的脸为何是一张骷髅了。白梦的面部曾接受过整形手术,这也是她的长相会和学生时代迥然不同的原因。而白梦的脸之所以现在还肿着,唯一的原因就是身体对异体的排异造成了感染。

在此之前，高婕对白梦血里的油进行了检测，和那天李察德想盗走的其中一种整容用填充剂成分完全一样。那是一种食用油，不能用于医疗，因为人的身体无法吸收，排异感染只是时间问题。由于白梦的脸皮之下填充了食物油，所以她笑起来的时候，面部肌肉和人体构造完全不符，是那么的奇怪。也是因为这个原因，强烈的镁光灯光线穿透白梦的皮肤，再穿透那些填充油，让她的脸变得像一具骷髅。

华良按照时间顺序把线索罗列。最初，白梦从马象红那里购得小鬼。然后李察德长期潜藏在白梦的床底，并在白梦不知情的情况下对她进行了整容手术。要让白梦不知情，并不难，只要有乌羽玉，并增加手术次数。高婕看到的白梦手臂上的一个个针眼应该就是李察德给她注射乌羽玉的遗痕。在马象红的小鬼骗局之下，白梦看着自己的容貌一点点蜕变，以为是小鬼在帮助自己。

华良还猜想，李察德现在的身份很有可能是假的。而他的真正身份，有可能就是当年那个和红枫狼狈为奸的医生李准。五年过去了，这两人很可能还在做着不可告人的勾当。所以，李察德现在的踪迹，可以从马象红嘴里撬。

华良和高婕赶往白云观。在华良把车钥匙捅进锁孔的时候，两人都不知晓，一把茶刀此刻也捅进了马象红的心脏。

18

马象红躺在厅堂的地毯上,从刀口流出来的血把他的道袍染成了深红色。如果不是华良和高婕到访,马象红的那些徒弟们甚至都不知道他已经成了一具尸体。

高婕勘验后,确定了马象红的死亡时间在两个钟头之内。伤口只有一处,就是刺中心脏那一刀,稳、准、狠。

徒弟们面面相觑,备感诧异。今天并没有人来观里,师傅是怎么死掉的?"难道是自杀?"有徒弟怀疑。"不可能!"另一名徒弟立马否定,他指了指插在马象红心脏上那把象牙把的茶刀,"肯定有人来过。只有招待客人的时候,师傅才会用这把茶刀。"

"这把刀平时放在哪里?"华良问。他望了一眼茶几,茶几上放着半个普洱茶饼。

"厅堂隔间。"徒弟指了指一扇小门,"隔间里,放着招待客人用的茶叶、点心之类。没有客人来的时候,这把茶刀总会放在刀架上。"

华良朝小门望过去,估计隔间离马象红的尸体七八米远。这时,高婕朝华良使了个眼色。华良走到马象红的尸体旁,顺着高婕的指引,发现了一些幽绿色的脓血和几根灰色的头发。华良不禁想到了浑身脓疮、满头乱发的王胜。

这些脓血和头发自然属于王胜，但华良十分清楚，凶手绝不会是王胜。以王胜的智力，让他神不知鬼不觉来到马象红的厅堂，再一刀刺中马象红的心脏，还能全身而退不被发现，和让他上天一样难。

所以，就像马象红的徒弟说的，凶手应该是马象红的客人。马象红拿出茶刀绝不是出于自卫，因为相比去隔间取这把茶刀，向候在院子里的徒弟们直接求救显然更有效。马象红从隔间取出茶刀要切茶泡水，却不料被对方用茶刀刺穿了心脏。所以，马象红身上的脓血只能是凶手布下的障眼法，而且此刻的王胜很可能就在凶手的控制之下。

还有，马象红有朋友来访，一直负责看守的马象红的徒弟们却全然不知。为什么？华良忽然想到了什么，迅速环顾四周，查看厅堂的四面墙壁，又揭开地毯查看。然后，他在茶几的位置发现了一个方形的木质盖板。

木板盖着的显然是一条密道。华良将木板掀开的时候，站在旁边的马象红的几个徒弟都意外地张开了嘴。华良跳下去，在黑暗中沿道而行。当他再掀开一块外面种满草皮的盖板，来到地表时，他身处的是白云观的后花园。在他双脚的前方，有几棵草被踩坏了，那是有人从这儿离开的痕迹。

重新来到厅堂，华良询问马象红的徒弟们，是否知道马象红为白梦制作小鬼的事，是否见过一个五岁的孩子。徒弟们都表示不知道，小鬼的事情只有他们的大师兄了解一些，但是大师兄前阵子已经死在了国际酒店的后门口。

妖 红

在徒弟们的引领下,华良又进了马象红的书房。一沓美好医院的优惠券就放在马象红的书桌上,上面的医院地址和之前名片上的并不一样,应该是新的。

华良拿起书桌上的电话,打给莫天。"神探,又到你一展身手的时候了。去复明路等我。"

李察德的整容医院开在复明路。从外面看,就是个普通的诊所,也可以说有些简陋。门玻璃上用红色塑料胶布贴成的一个十字和玻璃门后的白帘布就算是招牌了。此时的高婕已经换了一身行头,她是按照白梦的喜好来挑选和打扮的。一身水红色的刺绣旗袍,三寸高的白色皮鞋,脖子上挂一串珍珠项链。脸也精心化过妆。她戴上墨镜,看了眼身后的华良和莫天,推开了诊所门。

药架前穿着白大褂眼睛乱瞄的男护士一看就是个摆设,估计连盘尼西林和阿司匹林都区别不出。他晃着头问高婕买什么药,高婕抬起右手,拇指和食指捏在一起,在脸颊上轻轻划了一下。"刀。"

男护士警惕地重新打量了高婕一遍,走出柜台,插上门插销,拉好帘子。

"我叫高莲,我是一名演员。"高婕用高傲的语气说,"你不用看我,也不用想这个名字。我的意思是,迟早。如果你们的手术做得好,那你因跟我相识而感到荣幸的时刻会来得更早一些。"说着,高婕从包里掏出一张钞票。

"这个您放心,我们用的都是美国最先进的技术。"男护士接过钞票,一脸忠心耿耿的表情。

"我想把颧骨削一下,钱不是问题,唯一的要求就是李察德医生为我做。"

"李医生虽然现在在诊所,但他,恐怕,最近身体不太方便……"

"那我就不做了。"高婕冷冷地回答,并朝门口转过了身。

"您稍等,我去请示一下。"

男护士打开侧门,进了走廊。诊所比高婕预想的大不少,在男护士关上侧门前,高婕至少看到了三个房间。趁这个空当,高婕打开门。而华良和莫天刚进来,侧门那边的走廊就传来了脚步声。护士推开侧门的时候,高婕正站在门边,掀着布帘看街上的车水马龙。

"高小姐,李医生同意了。现在,请随我去做术前准备。"

侧门再次关上,两人的脚步声也走远了,门诊室一片寂静。柜台下面传来了莫天长长的呼吸声。接着,华良从柜台下钻出来,轻轻推开了侧门。十分钟以后,换上病号服的高婕被推进了手术室。推床的护士完全没有发觉,推床下面还藏着两个男人。

"高小姐,请稍等。"

护士出去了。在李察德冰冷的皮鞋声在走廊里响起之前,华良用相机拍下了手术室里极不正规的仪器和药剂。李察德戴着口罩进来了,跟在后面的护士把门关上。李察德从裤兜里取出窝着的橡胶手套,一边戴一边向床边走来。这时,躺在床上的高婕猛然坐起,把李察德吓了一跳。与此同时,莫天从床底蹦了出来,一巴掌把李察德的口罩扇了下来。

面对着那张血肉模糊的脸,莫天讥笑起来:"把美丽带给世界的李医生,你为何不先扯块猪皮,把自己的脸补一补?"

"开门!"李察德朝护士大喊。华良也从床底跳出,一枪击中了正在开门的护士。护士倚着门垮了下去,但门还是被推开了。往外爬到一半的时候,护士失去声息。李察德想往外跑,被华良一脚踢翻。李察德扶着墙,从墙角站起来。他朝三人狞笑了一下,从身边柜子抽屉里抓出一副防毒面具罩在了脸上。

"看,就算这玩意儿也比你的脸好看。早该戴上了……"

华良感到不妙。果然莫天话音未落,一股青雾就从他头顶奔腾而下。三人瞬间感到眼睛、鼻子和喉咙灼痛,忍不住咳嗽起来,同时感到天旋地转。是毒气。戴上防毒面罩的同时,李察德迅速摁下了身后一个暗藏的按钮。

李察德趁机蹿出手术室。将地上的护士一脚踢回手术室后,他反锁了门。毒气仍在源源不断地向外排放,三人用手帕捂住口鼻。李察德在外面疯狂地大笑。手术室没有窗户,墙角柜子里也再没有第二个防毒面具。高婕从柜子里扯出四个吸氧用的呼吸罩,打碎瓶装的氯化钠溶液,然后将蘸了氯化钠溶液的纱布塞进和罩子相连的橡胶,做成简易的呼吸器。华良蹲下身,想给趴在地上的护士戴上一个,但是护士已经没了呼吸。

华良站在毒气的中央,迅速查看着气流的走向。李察德能把毒气排放的开关安在手术室内,那他大概也会为自己在室内装一个正门以外的出口。高婕做的临时呼吸器坚持不了多久。毒气太刺眼了,眼泪把他的视野变得模模糊糊。终于,他发现,毒气正一缕缕轻飘飘地流进其中一堵墙上一道大概半米长的缝隙。华良冲过去,一脚踹向缝隙下面的位置。一道门开了。门那头就是一条十几米长的暗道。

三人迅速进入通道,关门前行。挤过门缝的少量毒气仍在三人头顶流淌,像一条紧追不放的蛇。忽然,华良一直捋着墙面的手停了下来。

撞上来的莫天推了华良一下,让他抓紧点,但华良没动。华良此刻手触碰的墙面是木质的,而非砖头。他锤击了一下墙面,传来的是单薄的触感——又是一扇门。华良后退一步,踹脚出去。

门后面,是一个两平方米左右的逼仄空间,淤着一股活物曾被囚禁于此的臭味。华良用手电迅速扫视着空间里仅有的几样东西,一幅画面在他脑海中形成:从屋顶顺下来仍然悬空的绳索几天以前曾捆着一个人。地上带血的黑铁钉也曾插在那人的身体上。黑铁钉一共有四根,它们很可能分别插在那人的四肢,比如手腕和脚腕。但是地上那只带着麻绳的铁坨是干什么的?麻绳上沾着血迹,是一个套结,说明它是挂在被囚者身上的。

莫天一把从华良手中抄过铁坨,套在了自己脖子上。这玩意儿该这么玩儿。铁坨吊在脖子上,四只铁钉分别钉住手腕和脚腕,他从介绍道法邪术的书上看到过示意图。铁钉用来分魄,而铁坨的作用则是坠魂。这套法事可以让在世间随主人飞行的小鬼附身到被囚者身上。

"这种法事常常用在小鬼反噬主人的情况下。也就是说,这种做法的目的是让饲养小鬼者摆脱小鬼的反噬。"莫天迅速背着书上的内容,"当然,不是随便选个人就可以。第一,一定要是个八岁以下的孩子。第二,这个孩子是个阴命。就是说,他本不应该活在这个世界上。小鬼只有附身到这种命格的人身上,才称得上投胎。"

当莫天说到"阴命"的时候,华良和高婕心中都顿时有了答案。曾被囚禁在这里的人应该就是王小虎。王小虎一定被马象红抓来了这里,施法解决白梦被小鬼反噬的困境。这也是王胜要杀白梦的原因。可是华良又感到有些沮丧,因为现在这些推断需要的证据都不在他的掌控之中。从马象红大徒弟口中,王胜得到了马象红抢走王小虎的事实和原因,但作为证人的王胜现在下落不明。马象红自然也知道真相,却已然被人杀害。除去逃掉的李察德,白梦是现在唯一能找到又知道些什么的人。但是她深陷马象红制造的迷惑之中,想让她开口,需要先想出一种非常规的询问方式。

"女魔头,你和曾被囚禁在这儿的那个孩子是同一天生日吧。"莫天转向高婕,"去年,你因为是'阴命'被一帮邪教教徒抓走。如果你年轻个十几岁,今天也有机会在这儿静思一下生命的意义。"

"你信不信我现在就把你吊在这里。"高婕扯过绳子,"做一盘儿毒气熏腊肉,一定别有风味。"

华良已经先一步出去了。

三人沿着通道继续行进。当他们踹开尽头的木栅栏小门,来到街上的时候,夜色已经降了下来。

19

华良、高婕和莫天来到了李记生煎铺门前。

"李记生煎,一咬一嘴油的生煎!包了一头猪的生煎!"

新铺开张,伙计叫卖得很卖力,和电话里一模一样。见到三人,伙计热情相迎。华良一扬手,率先进去了。

"就在我们头顶。"华良吃着热气腾腾的生煎,用筷子向上指了指,"呈祥旗袍行。"

在进门之前,华良已经看好了。李记生煎铺位于街角,左边是一家茶叶店,右边则是当铺。茶叶店和当铺都经营两年以上了,不可能是李察德的新窝点。二楼这片商铺出租的有三家,分别是胭脂店、旗袍行和咖啡店。但是胭脂店门玻璃上贴着一张"出租"的告示,纸黄字旧,大概已经接受了三个月以上的风吹雨淋。而咖啡店的生意很好,透过窗户可以看见里面坐着不少顾客,人多嘴杂。李察德现在是惊弓之鸟,他把整容医院开在这里的可能性不大。那就只剩下旗袍行了。

三人之所以能找到这里,是因为整容医院的电话。通过比对名片和优惠券,华良发现,尽管地址不同,电话却是没有换。如果李察德的医院还有别的地址,电话很可能仍旧还是那一部,也就是说电话所在的地方就是整容医院的总部。高婕拨通号码打过去,说找李医生,想做整容。然而那边很机警,让高婕提供介绍人和暗号。高婕没有答出,那边就挂掉了电话。

"一个钟头后再打一遍。"站在旁边的华良吩咐高婕。

"我们没介绍人,更不知道暗号,再打一百遍有什么用。"莫天泄气地把脚放到桌子上,眯上了眼。

"什么也不要说,认真听。"

一个钟头后,电话再次拨通。接电话的依然是先前那个年轻女人的声音。华良握着听筒,屏气凝神,尽量过滤掉她的声音,等候有用的线索。果然,从嘈杂的背景声中,他听到了一句热情的叫卖声。"李记生煎,一咬一嘴油的生煎!包了一头猪的生煎!"

由于不清楚旗袍行里的布局,三人就躲在店门旁的杂物间,留一道可以窥视的门缝。时间来得巧,没过二十分钟,一个戴着墨镜踩着高跟鞋脸上缠着纱布的女士就走出旗袍行,经过那道门缝,下楼去了。五分钟后,李察德也出来了。

　　李察德来到杂物间所对着的窗户旁，拉下口罩，深深地舒了一口气，然后掏出烟抽了起来。华良掏出枪，打开门，直接击中了他的腿。

　　李察德仿佛是逃得疲惫了，认了命，半跪在地上，面对着枪口举起了手。

　　之后的审问进行得也挺顺利，李察德承认自己就是当年和红枫在医院狼狈为奸的李准。当年红枫偷盗死婴卖给别人做阴亲，而他只是靠卖点精神药品，给那些瘾君子减少些折磨，所以在他看来，红枫比他还要无耻。被医院双双开除后，他跟红枫就失去了联系。他一开始去了北平，给一个刚从美国来的整容医生做助理。他的整容技术都是在那里学的。两年以后，他就跑到南京，开了自己的整容医院。怎么挣钱？当然是用价廉违规的填充剂。在南京的两年，他也没少换地方，因为每个在手术中用到填充剂的人在日后都出现了感染。他是一年以前回的上海，南京实在躲无可躲了。他重新联系上了红枫，这个时候的红枫早已摇身一变，成了尽人皆知的大师马象红。躲在白梦床下的也确实是他，他趁白梦在睡梦中为她做了几十次整容手术。不过，这都是马象红指使的，也可以说，是在马象红的变相要挟之下做的。

　　"如果我不按照他说的做，他就会把我交给你们。"两行眼泪从李察德皱起来的烂脸上流下来，"我也没办法啊！"

　　"所以为了摆脱马象红的要挟，你就杀了他。"华良盯着李察德说。

"杀他?"李察德蒙了一秒钟,"怎么可能?我没有杀他!"

"狡辩没有意义。"华良说,"单从你给白梦多次注射致幻剂乌羽玉这一项,就可以判你死刑了。"

"乌羽玉?"李察德眼神更加地茫然,"我怎么可能有乌羽玉?我又不是红枫那个骗子,我靠手艺吃饭。手术我用的全是最普通的麻醉药。而且,就算我想搞乌羽玉,可我去哪儿搞?"

李察德不像在撒谎,华良疑惑起来,然后他问了最后一个问题。"王胜和王小虎现在在哪儿?"

"不知道。"李察德背靠着椅子,眼神空洞地说,"我只知道前阵子红枫把那个孩子带进了我诊所的一间密室里,后来的事我就不清楚了。我和他分工明确,互不过问。"

20

"白梦,趁赵熙不在,我们做个游戏吧。"

高婕轻松地笑着,和白梦并肩倚在床背上。高婕来白梦家已经一个钟头了,那一个钟头的聊天把气氛变得很轻松。白梦很感兴趣,一口答应。她脸上的青肿依然没有消退。

"可是我们玩儿什么呢?"

"来个刺激的。"高婕说,"请仙!"

"好!"

"其实我道具都带来了!"高婕说着,从包里取出了一小瓶鸡血。

游戏开始,白梦先来。她兴冲冲地跑到阳台,正着走三圈,再倒着走三圈,然后跑回卧室,用手指蘸了鸡血,抹在两只眼皮上,再在床前蹦三下,上床闭眼。在未来的几分钟里,她会听到敲门声。自然,这敲门声是事先来到门外的高婕敲的。这是小朋友间的游戏,即使知道是假的,在等待敲门的时间里,也能在假想中感到惊悚的刺激。

冰凉的鸡血从白梦的眼皮流到她的脸上,痒痒的。敲门声响起来了,她紧闭着眼睛,咧着嘴笑,等高婕一会儿走进卧室,挠她的痒痒。

门开了,吱呀一声。脚步声在缓慢地走近。然后白梦听到她卧室的门也开了,听到高婕小心翼翼走到了她床边。白梦已经忍不住先笑起来了,胳膊交叉抱在胸前。但是高婕并没有挠她,而是静静地站在那儿。此外,白梦还听到了滴答滴答的声音,仿佛高婕是从雨中走来,身上穿着正在滴水的雨衣。一分钟以后,高婕轻轻拉了拉她的袖口。

"姐姐,我想回家。"

白梦睁开眼,站在她面前的哪里是高婕,分明是王小虎。王小虎矮矮地站在床边,脸色惨白,瘦骨嶙峋,脖子上挂着一个偌大的铁砣,手腕和脚踝上钉着铁钉,血液顺着铁钉往外流淌。她没见过王小虎,王小虎的事情都是马象红告诉她的。用马象红的话说,这孩子活不长,死前能为你做件好事也是个造化。

王小虎拽着白梦的衣角,说:"姐姐,这是哪里?"

白梦一声尖叫,从床上跳了起来。一瞬间,她的后背上已经全是冷汗。她跳到床的另一边,蜷缩到墙角,大喊着高婕的名字。然而高婕已经不知所终,回应她的只有偌大别墅给她的自己的回音。

"姐姐,我的肉身在哪里?"

"我不知道!我真的什么都不知道……"白梦从衣服里袋掏出王小虎的桃木护身符,扔在地上,"这是马道长给我的,去找马道长,别找我……高婕!赵熙……"

白梦紧紧闭着眼,捂住耳朵,不停地哭喊。不知道过了多久,有只手轻轻地放到了她的手上。

"白梦,是我,高婕。没事了。"

白梦猛然间抬起脸,一再确认蹲在自己面前的是高婕。再看床的另一侧,华良正和"王小虎"站在一起,华良手里拿着她扔出去的护身符。"王小虎"脖子上的铁坨和手脚上的铁钉都已经取下来了,扎铁钉的位置并没有血洞。而他也非真正的王小虎,他只是前几日华良在街头遇见的一个戴着面具到处吓唬小朋友的顽皮孩子。他脸上涂的是粉底,手一摸,粉底簌簌下落。带着劫后余生般的虚脱和后怕,白梦一头扑进了高婕的怀里。

"我真的不知道王小虎的下落。"一场大哭过后,白梦冷静了下来。

"刚怀孕的时候，小鬼的威胁让我很害怕。我就找了马道长求救。他有破解反噬的方法。后来他告诉我办妥了，他找到了一个阴命的孩子。一个孩子替我受过，我心里很不是滋味，但是我没办法。我能做的就是记住他的名字。"

"现在，你是不是听不见小鬼在游戏房玩耍的声音了？"高婕问。

"可能已经投胎了吧。"白梦点点头说，"但是有时候还是能听到他跟我说话。"

"一切都是阴谋，"高婕咬了下嘴唇，"包括你的脸。下面，我会告诉你事情的来龙去脉。"

"赵熙呢？"白梦忽然表现得很害怕。

"他在巡捕房。"华良说，"他没事。只是我们担心，他会阻止刚才的'游戏'。"

看着手里的护身符，一个环在华良心中终于扣起。但是他一点也感觉不到放松。王胜和王小虎到现在都下落不明。还有杀害马象红的凶手，他究竟是谁？

白梦重新接受了手术，医生从她全身取出了几十种填充物。住院的日子里，包括出院以后，赵熙依然无时无刻不陪着她。她脸上的青肿消失了，留下来的是一道道无法消除的疤痕。那些纵横交错的疤痕是她梦想破碎的裂痕，她很清楚，自己永远也当不了女主角了。她依然能感受到别墅里从某处射来的目光，听到小鬼在她耳畔轻吐话语，尖声讥笑。小鬼说的话大致是一样的：你最终还是被我毁了。带着这些疤痕生活，它们既是你美丽过的证据，也是丑陋的印记。无论她躲到哪个角落，这些话语和尖笑总能像挤过窗户细缝的风一样触及她。因为这些话，她重新把纱布一层层缠上了脸。

高婕很清楚，要去除白梦的创伤后遗症没那么简单，需要长久的专业治疗和清净和谐的环境。出院半个月以后，白梦像躲避似的"溜"进了高婕为她联系的疗养院的大门。

不过，在那部由她主演的电影即将上映时，白梦还是出现在了新片发布会上——尽管她很清楚，她饰演的那个角色已经因为她的意外受伤不得不中断演戏而更换了演员。没有人邀请她，她是从报纸上看到这晚的发布会的，就在国际酒店。在主持人邀请第一次饰演女主角的新人演员上台时，白梦忽然冒出来，并当先一步走上了舞台。

毫无疑问，白梦的出现让所有人都目瞪口呆。她穿着一身白色的晚礼服，缓慢地解下脸上一条条纱布，露出尚未脱痂的纵横交错的疤痕，以高傲的神态俯视台下，俯视顶替她的年轻女演员。白梦的神情像一个守住最后一个岛屿的女王，而相较之下，那个比她美丽得多的女演员则惊慌得像一个犯了错的仆人。当然，这只是赵熙眼里的白梦。事实上，赵熙是除去白梦之外，整个国际酒店大厅里唯一一个面带笑容的人。赵熙的笑容里充满感动，第一个鼓起掌来。

所以，这就是你叫我来的目的？身旁的高婕问赵熙。赵熙的眼睛依然盯着白梦，白梦在闪烁不停的镁光灯中微微抬起下巴。你看她多美,赵熙说,那些残酷的疤痕只能凸显她的美。她是人群中的灯塔,她身上有一股澎湃的生命力。

高婕看着台上的白梦,恍惚间感觉身处学校的礼堂。白梦还是像学生时代那么自信,或许就像赵熙说的,那是一种澎湃的生命力。恍惚中,白梦已经走下了舞台。挤在一起的嘉宾观众为她让出一条道,他们神情各异,唯独没有欣赏。不过白梦对此毫不在意,微笑着穿过其间,走进了门外的黑夜。

"抱歉,我先走一步。"赵熙快步穿过人群,跟了出去。

发布会继续进行,但高婕的眼睛一直看着门外的黑夜。感慨之中,她听到了身后道具师跟身边人低声的聊天。那个有着深深的川字眉的道具师依然执拗地回顾着白梦在片场的意外。他无法理解,为什么在他和赵熙都先后检查了绳索之后,绳索依然会断掉。其实那天的事情很蹊跷,在开拍前他特意查看了一次牵引绳,结果发现崭新的绳索上莫名其妙地出现了很多磨损,好像谁偷偷拿锉刀做了手脚。他立即又换了一根,并在开拍前又做了一次检查,没有问题。开拍前一分钟,赵熙又检查了一遍,但绳子还是断了。

"蹊跷吧。"道具师小声跟身边人说,"最近听说白小姐在家偷偷养了小鬼,那东西,蹊跷得很。"

对方张大了嘴,表示很惊恐。

高婕感到浑身一凉,发现了自己之前的疏忽。如果道具师说的是真的,那他换掉的第一根绳索就是方燕做过手脚的那根。因为赵熙的老同学身份,以及他对白梦的体贴照顾,高婕完全没有怀疑过他。尽管在片场的时候她就看见赵熙在开拍前检查过绳索,但是由于当晚莫天就抓回了供认不讳的方燕,她没有再去想这个细节。

"对不起,冒昧问一下,"高婕轻声问道具师,"你确定你在新换的一根绳索上发现了磨损,并及时做了更换?是不是记错了?"

"绝对不会。"道具师眼神有力地说,"我靠谨慎吃饭。"

原来白梦身边真的有鬼,高婕在心里说。她快步走去前台,拿起电话,拨通了华良办公桌上的电话。

21

华良又提审了一次方燕。

方燕能在白梦的牵引绳上动手脚,说明她不仅对片场熟悉,还对每天的拍戏安排了如指掌,毕竟白梦并不是每天都吊着牵引绳飞来飞去。对于有没有与赵熙暗中勾结的怀疑,方燕一口否认。她的信息都是从胖头那里得来的,至于胖头的信息从何处搞到,她并不清楚。

"胖头是谁?"

"一个每天晚上都会去米高梅舞厅喝酒的包打听,他的真名叫李国华。我是否在撒谎,你找到胖头,一问便知。"

从晚上六点到凌晨三点,华良一直在米高梅舞厅,等到舞厅里只剩下三两个趴在桌子上打呼噜的醉汉。胖头这个人是真实存在的,还曾和莫天起过冲突,但是他今晚并没有来。他去了哪里?是因事没有来,还是得到了什么风声?

李国华。

到上班时间以后,华良去银行查了他的银行账户。工作人员发现,就在昨天上午,李国华的账户里忽然打进了一笔数目不小的款子。而打款方是一家名叫飞天的外资药品公司。在华良调查这家药品公司的股东名单的同时,高婕和莫天在调查飞天公司生产的药品。华良刚回到巡捕房办公室,他桌上的电话就响了。

"有结果了。"高婕在电话亭中,她的背后是一家药店。"飞天市面上所有的药品都是精神药品,而且主要成分都含有乌羽玉。"

"我的调查也结束了。"华良说,"飞天药品唯一的中国股东是,赵熙。"

这两项调查结果不仅意味着想让白梦流产的人是赵熙,还意味着一直给白梦注射以及向马象红提供乌羽玉的人很可能也是赵熙。

"你们现在迅速去疗养院,我们在那里会合。"

然而赵熙和白梦也消失了。据疗养院的护士说,自从昨天傍晚赵熙把白梦接走后,就再也没回来。三人又火速赶往明光电影公司。在公司门外,华良看到了赵熙的汽车,但赵熙也没有在公司。华良撬开汽车门锁检查，一拉储物格，堆满的一封封纸信就漏了出来，掉落下去。那全是影迷们写给白梦的慰问信，大部分是白梦遇袭后写的，但赵熙全都藏了起来。华良眼前不由得闪过脸上缠着纱布的白梦每天蹲在家门外等候来信的身影。赵熙的目的是什么？华良尽量让自己进入赵熙的思维，捋着一道道杂乱的情感脉络。难道是靠把白梦带进极度的孤独中，再去做一个拯救者，彰显自己对她的意义？

在后备厢，高婕发现了几缕撕扯下来的破布条和已经凝固的脓血。这两样痕迹无疑都是王胜留下的。华良明白了，那一夜制造车祸让王胜逃逸的是赵熙。所以，杀害马象红的人也是赵熙。

可是现在赵熙带白梦去了哪里？华良闭着眼睛，仍处在赵熙的思维中。在这样的状况下，一直把自己当成白梦救世主的赵熙最大的可能性是带白梦去另一个地方，让她完全按照他的想法去生活。即使白梦不同意，赵熙大概也会强制性地带她走。而且，赵熙不觉得这有什么错，因为他认为这是拯救和爱。

华良跑向路边的电话亭，给巡捕房打电话。手下们立即赶往码头，而华良三人开车前往火车站。

22

站台上站着一位雕塑家。

他戴着鸭舌帽和墨镜,留着八字胡,嘴上叼着没有点燃的烟斗。在他身边立着的,是一具放在木架里的少女石膏雕塑。他对自己的这个作品非常满意,一直充满温情地凝视。汽笛长鸣,他等待的开往北平的火车减速驶了过来。

雕塑家把烟斗放进口袋,双手抱起木架,拒绝站台警察的帮助,开始向火车挪动脚步。刚走两步,一个斜插过来的穿着巡捕制服的高大男子就挡住了他的去路。

"带着你的作品上火车,不怕累吗?"华良朝雕塑家淡淡一笑。

"既然是我的作品,当然就要随我上路。"雕塑家也朝华良笑了笑,故作平静的表情有些生硬。

"或许,你也可以把它留给我。"

雕塑家肩膀一抖,回过头去。高婕和莫天朝他走了过来,莫天的手里握着枪。

"就算是,留给老同学的纪念品。"高婕继续说。

"别装了,作为影星的跟班儿,你的演技还须要提升。"莫天晃了晃枪口,"胡子翘边了。"

赵熙愣了一下,笑了。他把雕塑轻轻放下,脱了帽子,摘了眼镜,撕掉胡子,长呼一口气后,重新掏出了烟斗。

"华探长,你就不担心我会拿她的命来要挟你?"赵熙看着稳步走过来的华良,用烟斗指了下雕塑的脑袋。

"不担心。"华良并不着急地走过来,看了眼雕塑,"因为艺术家永远不会摧毁自己满意的作品。"

赵熙无奈地笑了笑,把烟斗叼上嘴巴。过了会儿,他朝华良一扬手。"有什么想问的,你就问吧。"

接下来,赵熙将他所做的事情全盘托出。华良的猜测都是对的。他一直在向马象红秘密交易乌羽玉。胖头得到的关于白梦流产的信息是他故意泄露的。当被动过手脚的牵引绳被道具师调换时,也是他用藏在袖中的锉刀将新换的绳子锉坏。王胜也是他抓走的,因为这个疯子疯得并不彻底,还知道了白梦和马象红的交易,早晚会牵连到他。马象红当然也是他杀的,既然决定要走,就要走得利索,不留下一点痕迹。如果不是白梦执意要去新电影的发布会,他早就启程了。

顿了会儿,赵熙攥起拳头,郑重到紧绷地向华良声明,让白梦流产他丝毫没有恶意,他只是想让白梦明白,真正关心呵护她的人只有他。把白梦从一个无人熟识的普通姑娘变成一个尽人皆知的明星,须要耗费多少精力,白梦远没有他清楚。相反,白梦还以为这都是她养的小鬼的功劳,这是何等可笑的事情。

"尽管我一直跟马象红有生意,但白梦是白梦,马象红是马象红,这对我来说就是白天黑夜,完全不能相扣的两个环。但是在某一天,他们连接在了一起。刚知道的时候,我真想杀了马象红,但是后来我改变了想法。因为白梦只有在脆弱的时候才能明白我肩膀的可靠。所以我又想,让一个人沉浸在幻想中也是件幸福的事,因为生命本来就是一场幻想。"

"疯子。"莫天挑衅地一笑。

"谁也没有资格评价我对她的感情!"赵熙吼叫着,用烟斗指着莫天。然后赵熙脸上挂起嘲讽的狞笑,"你们这帮自作聪明的蠢狗肯定不知道我是如何杀掉马象红的。"

"地毯下的密道。"华良不疾不徐地说,"我想,这大概是你每次给他送乌羽玉时所走的路吧。"

赵熙目光一凛,狞笑消失了。

"你是属老鼠的吧,专门走阴沟!"莫天继续挑衅。

"王胜和王小虎现在在哪儿?"华良继续问。

赵熙望了望已经游到西边的太阳,又笑了。"在鬼山。你可以想象这样一个情景。你像个英雄一样开着车,带着你的法医女友和废物助手在如血的夕阳里飞驰。你的车吼得像牛,颠得要散架,因为你知道太阳一落下鬼山,那对父子就会死。这是我送你的一个作品,离别纪念。你知道什么礼物是最好的礼物吗?永远也得不到的礼物。无论你把车开多快,到达鬼山的时候,太阳都已经下山了。"

赵熙大声笑了起来。叼着烟斗,他将手伸进木架,抚摸着雕塑美丽的脸庞,用指背感受她的鼻息,不禁流下眼泪。忽然一声枪响,石膏雕塑的头上溅上了艳红浓稠的血。

赵熙直挺挺地躺倒在地，脸上还带着先前的狞笑。混着脑浆的血从他后脑勺缓缓地流出来。他手中一直未点燃的烟斗此刻冒着烟，那其实是一把能容纳一发子弹的手枪。莫天不禁赞叹一句："比我的高级啊！"

莫天跟随华良跑出站台，留下高婕自己处理雕塑。雕塑的鼻孔是真的孔洞，白梦的气息从孔洞中纤弱地流出。她用枪柄轻轻击打雕塑，把石膏击碎。凹陷下去的石膏被掰开的时候，白梦长满疤痕的脸露了出来。

23

华良把车停到了鬼山脚下。

尽管他知道一条更近的小路，但此刻太阳已经被鬼山遮住了一半。阳光打在车前玻璃上，像浓艳的血。鬼山上不见人影。

华良站上鬼山，极目四望，只见摇草山影，飞鸟起伏，无限悲凉。太阳一点点下落，至少在今天这个过程是不可逆转的。此刻的华良肯定看不到，王胜和王小虎被捆在一个一丝光亮都没有的深坑里。两人嘴上都勒着布条，无法发出声音。而冰冷的水正迅速从他们的脚跟漫上来，咕嘟咕嘟，像泉眼一样汹涌。与此同时，华良注意到，积骨塔门前的路边，扔着几个铁桶。

那是三只汽油桶，口朝下晃着，还有几滴汽油滴下来。汽油肯定是赵熙带来的，这是他结束王胜和王小虎性命的方式。华良望向积骨塔门框之内的浓重黑暗，想起了那夜马象红假扮的妖红一躲进积骨塔就消失不见的情形。两人跑进塔内，搬开几十具尸体以后，两人幸运地在墙角发现了一扇木制的地门。被关在地门那头的是抽水泵的声音。

几乎没有人知道，积骨塔的地下曾经是一个水塔。上午，赵熙带着汽油和新的水泵来到这里，让水塔恢复了工作。临走前，他望向那对父子的眼神里带着慈爱和戏谑。"大多数人都是愚蠢的，只有在死前才能感受到生命的美好。我想，你们俩更是如此。我会让你们死得慢一点，让你们多体会体会。"

华良和莫天在塔底打亮手电的时候，只看到了王小虎的头，而且水已经没到了王小虎的喉咙。由于水的冰冷，王小虎的脸色比平时更加苍白，他也发不出任何声音。能证明他还活着的只有那双惊恐的眼睛。

"他爹呢？"莫天一边迅速脱衣服，一边朝华良吆喝。

华良没说话，直接跳进了水里。华良很清楚，王小虎的头之所以还能在水面以上，除了骑着王胜的脖子，没有其他原因。

而这时候，王胜已经死了。

24

最后一次见到白梦是在昨天晚上。

莫天搞到了几张畸形秀的门票。舞厅的名字叫地狱,开在一个废弃的防空洞里。空间狭长,灯光昏暗,一众畸形人像地狱的怪物一样轮番出场,表演杂技。观众们大都是些码头工人,喝最廉价的黄酒,大呼小叫,污言秽语。高婕想走,却被莫天拉住了。

"耐心点,我想让你们见识一下地狱女王。"

华良下意识地想到了白梦。

"什么女王?"高婕没好气地问。

"等就是了。"莫天说着,忽然也吆喝起来,热烈鼓掌。"来了!"

地狱女王仍然穿着她最后一次出现在报纸上时那件白色晚礼服。不过现在,那件礼服已经变得黑乎乎的,四处都开了缝,就像她布满疤痕的脸。不过白梦对此毫不在意,眼里充满自信,就像以往的她一样。她就在这一双双充满油污的双手鼓起的杂乱掌声中,在这一双双猥琐目光形成的浓烈性欲中,尽情地扭动起腰肢。

高婕本能地想过去把白梦拉下来,却被华良拉住了。

"你拽我干吗?"高婕瞪着华良,用气声愤愤地说,"她不该这样。"

"她也不该想起沉重的过往。"华良淡淡地说,"人生很短,自在就好。只要她不违法,我们就不该打扰她。"

《证据法学论丛》编辑委员会

学术顾问：徐静村（西南政法大学法学院教授，中国当代法学名家）

编委会主任：潘金贵（西南政法大学教授，证据法学研究中心主任）

编委会委员（排序不分先后）：

　　李奋飞（中国人民大学法学院教授）

　　刘静坤（中国政法大学教授）

　　董　坤（中国社会科学院法学研究所研究员）

　　胡　铭（浙江大学光华法学院教授）

　　谢登科（吉林大学法学院教授）

　　秦宗文（南京大学法学院教授）

　　冯俊伟（山东大学法学院教授）

　　韩　旭（四川大学法学院教授）

　　周洪波（西南民族大学法学院教授）

　　林喜芬（上海交通大学凯原法学院教授）

　　张步文（西南大学法学院教授）

　　刘仁琦（西北政法大学刑事法学院副教授）

　　王剑虹（西南政法大学法学院副教授）

　　王　彪（西南政法大学法学院副教授）

　　包冰锋（西南政法大学法学院副教授）

　　张　波（重庆市高级人民法院刑二庭庭长）

　　曾庆云（重庆市人民检察院法律政策研究室主任）

　　毛立新（北京尚权律师事务所主任）

　　吴国章（福建壶兰律师事务所主任）

学术秘书：李冉毅（西南政法大学法学院讲师）